KB060671

2008년도
제22회 소월시문학상 작품집

2008년도
제22회 소월시문학상 작품집

문학사상사

제22회 소월시문학상 대상 수상작 선정 이유서

문학사상사 주관 2008년도 소월시문학상 대상 수상작
나희덕의 〈섶섬이 보이는 방〉 외 13편 선정

　　문학사상사 제정 2008년도 제22회 소월시문학상 대상 수상작으로 나희덕 시인의 〈섶섬이 보이는 방—이중섭의 방에 와서〉 외 13편을 선정한다.

　　나희덕 시인은 뛰어난 언어적 감각과 생태주의적 관점을 통해 인간 현실의 문제에서부터 존재의 심연에 이르기까지 다양한 영역을 시적으로 형상화하는 데에 성공하고 있다. 어두운 현실을 따뜻한 시선으로 감싸면서도 날카로운 비판의 정신을 유지하고 있는 시인의 지적 절제와 균형은 한국 시가 빠져들고 있는 정서의 편향을 극복해 나아가는 데에 있어서도 하나의 전범이 되고 있는 것으로 평가된다.

　　소월시문학상 심사위원회는 나희덕 시인의 시를 통해 확인해볼 수 있는 시 정신의 치열성과 기법적 성과가 한국 현대시의 지평을 확대하는 데 크게 기여할 것으로 평가하여 2008년도 제22회 소월시문학상 대상을 수여한다.

2007년 4월

소월시문학상 심사위원회

김남조 · 오세영 · 송수권 · 문정희 · 권영민

차례

대상 수상작

나희덕

우수상 수상작

심사평

나희덕
섶섬이 보이는 방 외

1966년 충남 논산 출생.
연세대 국문과 및 동 대학원 졸업. 1989년 《중앙일보》 신춘문예로 등단.
시집 《뿌리에게》·《그 말이 잎을 물들였다》·《그곳이 멀지 않다》·《어두워진다는 것》
《사라진 손바닥》, 산문집 《반 통의 물》.
시론집 《보랏빛은 어디에서 오는가》 등.
김수영문학상 · 김달진문학상 · 현대문학상 · 오늘의젊은예술가상 수상.
현재 조선대 문창과 교수로 재직.

섬섬이 보이는 방
—이중섭의 방에 와서

서귀포 언덕 위 초가 한 채
귀퉁이 고방을 얻어
아고리와 발가락군*은 아이들을 키우며 살았다
두 사람이 누우면 꽉 찰,
방보다는 차라리 관에 가까운 그 방에서
게와 조개를 잡아먹으며 살았다
아이들이 해변에서 묻혀온 모래알이 버석거려도
밤이면 식구들의 살을 부드럽게 끌어안아
조개껍데기처럼 입을 다물던 방,
게를 삶아 먹은 게 미안해 게를 그리는 아고리와
소라껍데기를 그릇 삼아 상을 차리는 발가락군이
서로의 몸을 끌어안던 석회질의 방,
방이 너무 좁아서 그들은
하늘로 가는 사다리를 높이 가질 수 있었다
꿈 속에서나 그림 속에서
아이들은 새를 타고 날아다니고
복숭아는 마치 하늘의 것처럼 탐스러웠다
총소리도 거기까지는 따라오지 못했다
섬섬이 보이는 이 마당에 서서
서러운 햇빛에 눈부셔 한 날 많더라도
은박지 속의 바다와 하늘,

게와 물고기는 아이들과 해질 때까지 놀았다
게가 아이의 잠지를 물고
아이는 물고기의 꼬리를 잡고
물고기는 아고리의 손에서 파닥거리던 바닷가,
그 행복조차 길지 못하리란 걸
아고리와 발가락군은 알지 못한 채 살았다
빈 조개껍데기에 세 든 소라게처럼

* 화가 이중섭과 그의 아내가 서로를 부르던 애칭.

저 물방울들은

그가 사라지자
사방에서 물소리가 들려오기 시작했다

수도꼭지를 아무리 힘껏 잠가도
물때 낀 낡은 싱크대 위로
똑, 똑, 똑, 똑, 똑……
쉴 새 없이 떨어져 내리는 물방울들

삶의 누수를 알리는 신호음에
마른 나무뿌리를 대듯 귀를 기울인다

문 두드리는 소리 같기도 하고
발자국 소리 같기도 하고
때로 새가 지저귀는 소리 같기도 한

아, 저 물방울들은
나랑 살아주러 온 모양이다

물방울 속에서 한 아이가 울고
물방울 속에서 수국이 피고
물방울 속에서 빨간 금붕어가 죽고

물방울 속에서 그릇이 깨지고
물방울 속에서 싸락눈이 내리고
물방울 속에서 사과가 익고
물방울 속에서 노랫소리가 들리고

멀리서 물관을 타고 올라와
빈방의 침묵을 적시는 물방울들은
글썽이는 눈망울로 요람 속의 나를 흔들어준다
내 심장도 물방울을 닮아
역류하는 슬픔도 잊은 채 잠이 들곤 한다

똑, 똑, 똑, 똑, 똑, 똑……
빈혈의 시간 속으로 흘러드는 낯선 핏방울들

벽과 바닥

빛을 머금은 창이
바닥에 직사각의 빛을 드리운다

창을 빨아들이기 위해
바닥의 남은 몸은 온통 그늘이다

직사각의 빛 가운데
누군가 삼각팬티를 널어놓는다

꽃병에 꽂힌 꽃처럼
삼각팬티는 피어나기가 무섭게 말라간다

명암에 따라 색이 변하는 꽃,
삼각팬티는 천천히 빛에서 그늘로 간다
그늘 속에서도 말라간다

결국 방은 어두워지고
그림자놀이를 하던 벽과 바닥은
등을 맞대고 있다, 아무 일도 없던 것처럼

꽃병은 사라지고 꽃만 남았다

심장 속의 두 방

나를 좀 지워주렴.
거리를 향해 창문을 열고
자욱한 안개를 방 안으로 불러들였다.
안개에 지워진 신호등,
안개는 창문을 넘는 순간 증발해버렸다.
안개조차 그 방에서는 길을 잃었다.
나를 좀 지워주렴.
짙은 안개를 들이키고도
사물들은 여전히 건조한 눈을 비비고 있었다.

나를 좀 채워주렴.
바다를 향해 열린 창문으로
자욱한 안개가 밀물처럼 스며들었다.
안개에 지워진 수평선,
안개는 창문을 넘는 순간 몸속으로 흘러들었다.
안개조차 그 방에서는 출렁거렸다.
나를 좀 채워주렴.
의자가 젖고 거울이 젖고
사물들은 어느새 안개의 일부가 되었다.

심장 속에 나란히 붙은 두 방은

서로를 깨우지 않으려고 조심스럽게 움직인다.
두 방을 오가는 것은
소리 없이 서성이거나 출렁거리는 안개뿐.

마른 연못

물이 빠진 거대한 연못,
오래전 눈에 박힌 풍경이 나가지 않네

장화 신은 발들이
몸속을 저벅저벅 걸어다니네
울컥 고이는 발자국들,
검고 끈적한 진흙이 삼켜버리네

호미를 든 손들이
몸속에 깊이 박힌 연뿌리를 캐네
숭숭 뿌리 뽑힌 자리마다
진흙이 뱀처럼 흘러들어 스르르 문을 닫네

장갑을 낀 손들이
몸속에 흩어진 잔해를 그러모으네
이토록 태울 게 많았던가
번제를 올리듯 어떤 손이 불을 붙이네

타오르면서 타오르지 않는 불의 중심,
명치끝이 점점 뜨거워지네
눈이 너무 매워 움직일 수가 없네

뇌수 사이에서 썩어가던 기억의 잎과 줄기가
몇 줌의 재가 되어가는 동안
장화 신은 발들이 불을 둘러싸고 서 있네

그들이 주고받는 얘기가 들렸다 안 들렸다 하고
누구일까, 내 몸을 제물 삼아
마른 연못 속에서 불을 피우는 그들은

원정園丁의 말

園丁은 겨울을 나는 벌들을 위해
풍로에 설탕물을 끓여서 벌집 속에 부어주었다

벌집 속에서만 잉잉대는 벌 떼처럼
눈을 틔우지 못한 채 떨고 있던 매화나무들,
언 땅을 파서 묘목을 캐주던 園丁은 벙어리였다

그해 봄날, 매화나무는
불 꺼진 베란다 구석 커다란 화분에 갇혀 꽃을 피웠다
드문드문, 살아 있다는 증표로는 충분하게

뿌리를 적신 물이 하수구로 흘러들었고
매화나무는 下血을 하는지
시든 꽃잎들이 하르르 하르르 물에 떠다녔다

소리 없는 말처럼 붉은 진이 가지에 맺히고
꽃 진 자리마다 잎이 돋기 시작했다
역류한 하수구의 물이 그녀를 키우기라도 하는 것일까
두려웠다, 집을 삼킬 듯 자라는 잎들이
열매 맺을 수 없는 나무의 피로 무성해지는 잎들이

뒤늦게야 벙어리 園丁을 떠올렸다
묘목을 실어주며 간절하게 가슴을 쓸어내리던 그의 손말을
아, 알아듣지 못했다
화분 속에 겨울 들판을 들이려고 한 나는

캄캄한 돌

메카의 검은 돌은
원래 흰색이었다고 해요

아담과 이브가 낙원에서 쫓겨나면서
손에 움켜쥐고 나왔다는 돌,
그 후로 수많은 순례자들이 찾아와
입을 맞추고 만지는 동안
그들의 고통을 빨아들여 캄캄한 돌이 되었다지요

내게도 검은 돌 하나 있어요
그 돌은 한때 물속에서 아름다웠지요

오래전 해변을 떠나며
무심코 주머니에 넣고 온 돌,
그러나 그토록 빨리 빛바랠 줄은 몰랐어요
내가 고통을 견디는 동안
고통이 나를 견디는 동안
돌 또한 나를 말없이 견디어주었지요

어느 날부터인가 돌을 만지는 게 두려워졌어요
돌을 열 수도, 닳게 할 수도 없으면서

돌의 본성이 너무 깊이 박힌 손,
내가 만지는 것마다 돌이 되어버릴 것 같아서요

빛바랜 돌을 바라보며 떠올려봐요
돌이 물속에서 빛나던 때를
검은 물기 위에 어룽거리던 무지개를

그 찰랑거리던 아침이 내게도 있었겠지요
메카의 검은 돌이
아주 오래전 흰색이었던 것처럼

구경꾼들이란

구경꾼들이란 으레
충혈된 눈을 지니고 있는 법이죠
몸속의 호기심이
피를 타고 온통 눈으로 몰려드니까요
특히 죽음에 대한 호기심은
누구도 말릴 수 없는 것이어서
모르그*는 어떤 극장보다도 성황이었죠
유리관 속에 진열된 죽음을
줄을 서서 구경하면서도
담배를 피워 물고 잡담을 나누는 남자들,
식물원의 화초처럼 은밀하게 즐기는 여자들,
막대사탕을 빨며 들여다보는 아이들,
조명 아래 누운 시체들도
몰려드는 구경꾼들을 보며 웃고 있었을 거예요
어쩌면 유리관 속에서
헤어진 옛 애인을 발견할 수도,
길에서 잃어버린 아이를 발견할 수도,
자신이 살해한 시체를 발견할 수도 있었겠지요
그래도 모르는 척 지나며
희미한 발자국만 남기고 흩어지는 사람들,
그래서 구경꾼의 눈은

아무 죄도 저지르지 않지요
유리창 너머의 세계를 잠시 엿보았을 뿐
별거 아니군, 하는 표정으로
죽음의 극장 밖으로 걸어 나왔을 뿐

*모르그morgue : 19세기 프랑스 파리에 있던 시체전시장. 연간 100만 명
 이상의 사람들이 모르그를 방문했다고 한다.

구경꾼이 되기 위하여

이십 년을 살면서
한 번도 그를 구경하지 못했다

구경하기 전에
이미 나의 일부였기에

몸속의 사금파리,
통증의 원인은 거기 있었던가

일찍이 구경꾼의 묘법을 배웠더라면
피사체를 향해 셔터를 누르듯
무감하게 지켜볼 수 있었더라면

그를 이해할 수도
견딜 수도 있었으리라

구경꾼들이 그에 대해 하는 말을
도무지 알아들을 수 없었다

눈 속의 사금파리,
그 눈동자를 들어내기 전에는

물소리를 듣다

아비 어미가 싸운 것도 모르고
큰애가 자다 일어나 눈 비비며 화장실 간다

뒤척이던 그가
돌아누운 등을 향해 말한다

… 당신… 자……?
저 소리 좀 들어봐… 녀석 오줌 누는 소리 좀
들어봐… 기운차고… 오래 누고……
저렇도록 당신이 키웠잖아… 당신이……

등과 등 사이를 흘러가는 물소리를
이렇게 듣기도 한다

담이 결린 것처럼
왼쪽 어깨가 오른쪽 어깨를 낯설어할 때
어둠이 좀처럼 지나가 주지 않을 때
새벽녘 아이 오줌 누는 소리에라도 기대어
보이지 않는 강을 건너야 할 때

바람과 바람막이

바람막이에 금이 갔다

금은 금을 불러와 번지더니
쩌억 벌어져 쪼개지기 직전이다

차가 속도를 낼수록 바람막이는
이빨 부딪치는 소리를 낸다, 딱, 딱, 딱, 딱,

소음을 견디다 못해
벌어진 틈에 얇은 휴지 한 장을 끼워 넣는다

하, 아무 소리도 나지 않는다

진동을 흡수한 휴지만 흰 깃발처럼 나부낄 뿐,
바람막이의 틈은 침묵으로 메워졌다

소리를 삼킨 몸이여
차라리 비명이라도 지르는 게 나았을까

타악—

결국 바람을 견디지 못한
한 조각이 쪼개져 날아가 버렸다, 돌팔매처럼

바람막이는 몸의 일부를 잃는 대신
비로소 금보다 무거운 침묵을 얻게 되었다

팔이 된 눈동자

신호등이 파란 불로 바뀌자
일제히 횡단보도를 건너기 시작하는 사람들,
고기 떼처럼 움직이는 인파 속에서
낯선 비늘 같은 게 반짝, 하고 빛났다
꽁치 떼 속에 끼어든 한 마리 멸치처럼 무언가
다른 전파를 보내는 존재가 있다
내 눈이 재빠르게 찾아낸 그 전파의 진원지는
유난히 키가 작은 한 사내였다
큰 것은 작아지고 작은 것은 커지며*
사내의 붉게 일그러진 얼굴이 눈에 들어왔다
다리가 움직일 때마다 자기도 모르게
두 팔 대신 두 눈동자를 위아래로 흔드는 사람,
흙투성이가 된 눈동자로
열심히 허공을 닦으며 걸어가는 사람,
그의 움직이지 않는 소매 속은 텅 비어 있을 것이다

신호등이 어느새 빨간 불로 바뀌고
길을 미처 건너지 못한 사내는
더 필사적으로 두 눈동자를 흔들어댔다
이 그물을 벗어나기 위해서는
눈동자라는 두 바퀴를

더 빨리 굴려갈 수밖에 없다는 듯이,
그것만이 사라진 팔의 통증을 잊게 해준다는 듯이

*"큰 것은 작아지고 작은 것은 커지며, 각각은 자신의 순수한 種에 따라
  여전히 움직이며 고정된 채 머물며, 가깝거나 밀며 밀어지며 가깝다."는
  괴테의 말 중에서 따옴.

돼지머리들처럼

하루에도 몇 번씩 거울을 보며
엄지와 집게손가락으로 입 끝을 집어올린다.
자, 웃어야지, 살이 굳어버리기 전에.

새벽 자갈치시장, 돼지머리들을
찜통에서 꺼내 진열대 위에 앉힌 주인은
부지런히 손을 놀려 웃는 표정을 만들고 있었다.
그래, 이렇게 웃어야지, 김이 가시기 전에.

몸에서 잘린 줄도 모르고
목구멍으로 피가 하염없이 흘러간 줄도 모르고
아침 햇살에 활짝 웃던 돼지머리들.

그렇게 탐스럽게 웃지 않았더라면
사람들은 적당히 벌어진 입과 콧구멍 속에
만 원짜리 지폐를 쑤셔 넣지 않았으리라.

하루에도 몇 번씩 진열대 위에 얹혀 있다는 생각,
자, 웃어, 웃어봐, 웃는 척이라도 해봐,
시들어가는 입술을 손가락으로 잡아당긴다.

아— 에— 이— 오— 우—
그러나 얼굴을 괄약근처럼 쥐었다 폈다
숨죽여 불러보아도 흘러내린 피가 돌아오지 않는다.

출근길 백미러 속에서 발견한
누군가의 머리 하나.

육교 위의 허공

좁고 가파란 계단을 걸어 올라가면
빛나는 마천루가 있었지
육지와 육지를 잇는 다리 위로
밤길을 건너는 밤길,
허공을 건너는 허공,
신호등이나 건널목이 없이도
그 길을 따라 다른 세계로 건너갈 수 있었지
지상에서는 잡을 수 없는 두 손이
때로 어두운 허공 위에서 놀란 듯 만났지
새로운 지평선이 펼쳐지고
6차선 도로가 오선지처럼 출렁거리고
두근거리는 도시의 동맥 속으로
차들은 피톨처럼 점점이 빛을 뿌리며 흘러갔지
그러나 경적 소리조차 들리지 않았어
두 손에 든 허공을 놓아주고 싶지 않아서
다만 숨죽이고 있었으니까, 심해의 물고기처럼,
시냇가의 반딧불이처럼, 거기가
도심의 누추한 육교라는 것도 잊은 채
좁고 가파른 계단을 내려와야 하는 것도 잊은 채
하염없이 공중그네를 타고 있었지
육지와 육지를 잇는 다리 위로

밤길을 건너는 밤길,
허공을 건너는 허공,
지상에서는 잡을 수 없는 두 손이
어두운 허공 위에 또하나의 길을 내고 있었지

:: 대상 수상 시인의 자선 대표작

나희덕
오 분간 외

오 분간

이 꽃그늘 아래서
내 일생이 다 지나갈 것 같다.
기다리면서 서성거리면서
아니, 이미 다 지나갔을지도 모른다.
아이를 기다리는 오 분간
아카시아꽃 하얗게 흩날리는
이 그늘 아래서
어느새 나는 머리 희끗한 노파가 되고,
버스가 저 모퉁이를 돌아서
내 앞에 멈추면
여섯 살배기가 뛰어내려 안기는 게 아니라
훤칠한 청년 하나 내게로 걸어올 것만 같다.
내가 늙은 만큼 그는 자라서
서로의 삶을 맞바꾼 듯 마주보겠지.
기다림 하나로도 깜박 지나가 버릴 生,
내가 늘 기다렸던 이 자리에
그가 오래도록 돌아오지 않을 때쯤
너무 멀리 나가버린 그의 썰물을 향해
떨어지는 꽃잎,
또는 지나치는 버스를 향해
무어라 중얼거리면서 내 기다림을 완성하겠지.

중얼거리는 동안 꽃잎은 한 무더기 또 진다.
아, 저기 버스가 온다.
나는 훌쩍 날아올라 꽃그늘을 벗어난다.

푸른 밤

너에게로 가지 않으려고 미친 듯 걸었던
그 무수한 길도
실은 네게로 향한 것이었다

까마득함 밤길을 혼자 걸어갈 때에도
내 응시에 날아간 별은
네 머리 위에서 반짝였을 것이고
내 한숨과 입김에 꽃들은
네게로 몸을 기울여 흔들렸을 것이다

사랑에서 치욕으로,
다시 치욕에서 사랑으로,
하루에도 몇 번씩 네게로 드리웠던 두레박

그러나 매양 퍼 올린 것은
수만 갈래의 길이었을 따름이다
은하수의 한 별이 또하나의 별을 찾아가는
그 수만의 길을 나는 걷고 있는 것이다

나의 생애는
모든 지름길을 돌아서

네게로 난 단 하나의 에움길이었다

벗어놓은 스타킹

지치도록 달려온 갈색 암말이
여기 쓰러져 있다
더 이상 흘러가지 않을 것처럼

生의 얼굴은 촘촘한 그물 같아서
조그만 까끄라기에도 올이 주르르 풀려나가고
무릎과 엉덩이 부분은 이미 늘어져 있다
몸이 끌고 다니다가 벗어놓은 욕망의
껍데기는 아직 몸의 굴곡을 기억하고 있다
의상을 벗은 광대처럼 맨발이 낯설다
얼른 집어 들고 일어나 물속에 던져 넣으면
달려온 하루가 현상되어 나오고
물을 머금은 암말은
갈색빛이 짙어지면서 다시 일어난다
또다른 의상이 되기 위하여

밤새 갈기는 잠자리 날개처럼 잘 마를 것이다

포도밭처럼

저 야트막한 포도밭처럼 살고 싶었다
산등성이 아래 몸을 구부려
낮게 낮게 엎드려서 살고 싶었다
숨은 듯 숨지는 않은 듯
세상 밖에서 익혀가고 싶은 게 있었다
입속에 남은 단 한 마디
포도씨처럼 물고
끝내 밖으로 내어놓고 싶지 않았다
둥근 몸을 굴려 어디에 처박히고 싶은 꿈
내게 있었다, 몇 장의 잎새 뒤에서

그러나 나는 이미 세상의 술틀에 던져진 포도알이었는지 모
른다 채 익기도 전에 으깨어져 붉은 즙액이 되어버린, 너무 많
은 말들을 입속 가득 머금고 울컥거리는, 나는 어느새 둥근 몸
을 잃어버렸는지 모른다 포도가 아닌 다른 몸이 되어 절벅거
리며, 냄새가 되어 또 하나의 풍문이 되어 퍼져가면서, 세상을
적시고 있었는지도 모른다

저 멀리 야트막한 포도밭의 평화,
아직 내 몸이 가지에 매달려 있는 것만 같아
사라진 손으로 사라진 몸을 더듬어본다

은밀하게 익혀가고 싶은 게 있었던 것처럼

상현上弦

차오르는 몸이 무거웠던지
새벽녘 능선 위에 걸터앉아 쉬고 있다

神도 이렇게 들키는 때가 있다니!

때로 그녀도 발에 흙을 묻힌다는 것을
외딴 산모퉁이를 돌며 나는 훔쳐보았던 것인데
어느새 눈치를 챘는지
조금 붉어진 얼굴로 구름 사이 사라졌다가
다시 저만치 가고 있다

그녀가 앉았던 궁둥이 흔적이
저 능선 위에는 아직 남아 있을 것이어서
능선 근처 나무들은 환한 상처를 지녔을 것이다
뜨거운 숯불에 입술을 씻었던 이사야처럼

너무 늦게 그에게 놀러간다

우리 집에 놀러와. 목련 그늘이 좋아.
꽃 지기 전에 놀러와.
봄날 나지막한 목소리로 전화하던 그에게
나는 끝내 놀러가지 못했다.

해 저문 겨울날
너무 늦게 그에게 놀러간다.

나 왔어.
문을 열고 들어서면
그는 못 들은 척 나오지 않고
이봐. 어서 나와.
목련이 피려면 아직 멀었잖아.
짐짓 큰소리까지 치면서 문을 두드리면
조등弔燈 하나
꽃이 질 듯 꽃이 질 듯
흔들리고, 그 불빛 아래서
너무 늦게 놀러온 이들끼리 술잔을 기울이겠지.
밤새 목련 지는 소리 듣고 있겠지.

너무 늦게 그에게 놀러간다,

그가 너무 일찍 피워 올린 목련 그늘 아래로.

기러기 떼

羊이 큰 것을 美라 하지만
저는 새가 너무 많은 것을 슬픔이라 부르겠습니다

철원 들판을 건너는 기러기 떼는
끝도 없이 밀려오는 잔물결 같고
그 물결 거슬러 떠가는 나룻배들 같습니다
바위 끝에 하염없이 앉아 있으면
삐걱삐걱, 낡은 노를 젓는 날개 소리 들립니다
어찌 들어보면 퍼걱퍼걱, 무언가
헛것을 퍼내는 삽질 소리 같기도 합니다
그러나 아무리 퍼내도
내 몸속의 찬 강물 줄어들지 않습니다
흘려보내도 흘려보내도 다시 밀려오는
저 아스라한 새들은
작은 밥상에 놓인 너무 많은 젓가락들 같고
삐걱삐걱 노 젓는 날개 소리는
한 접시 위에서 젓가락들이 맞부비는 소리 같습니다
그 서러운 젓가락들이
한쪽 모서리가 부서진 밥상을 끌고
오늘 저녁 어느 하늘을 지나고 있는지

새가 너무 많은 것을 슬픔이라 부르고 나니
새들은 자꾸 날아와 저문 하늘을 가득 채워버렸습니다
이제 노 젓는 소리 들리지 않습니다

일곱 살 때의 독서

제 빛남의 무게만으로
하늘의 구멍을 막고 있던 별들, 그날 밤
하늘의 누수는 시작되었다 하늘은 얼마나
무너지기 쉬운 것이었던가 별똥별이
떨어질 때마다 하늘은 울컥울컥 쏟아져
우리의 잠자리를 적시고 바다로 흘러들었다
그 깊은 우물 속에서 전갈의 붉은 심장이
깜박깜박 울던 초여름밤 우리는 무서운 줄도
모르고 바닷가 어느 집터에서, 지붕도 바닥도 없이
블록 몇 장이 바람을 막아주던 차가운 모래
위에서 킬킬거리며, 담요를 밀고 당기다 잠이 들었다
모래와 하늘, 그토록 확실한 바닥과 천장이
우리의 잠을 에워싸다니, 나는 하늘이 달아날까 봐
몇 번이나 선잠이 깨어 그 거대한 책을 읽고
또 읽었다 그날 밤 파도와 함께 밤하늘을
다 읽어버렸다 그러나 아무도 모를 것이다 내가
하늘의 한 페이지를 훔쳤다는 걸,
그 한 페이지를 어느 책갈피에 끼워 넣었는지를

오래된 수틀

누군가 나를 수놓다가 사라져버렸다

씨앗들은 싹을 틔우지 않았고
꽃들은 오랜 목마름에도 시들지 않았다
파도는 일렁이나 넘쳐흐르지 않았고
구름은 더 가벼워지지도 무거워지지도 않았다

오래된 수틀 속에서
비단의 둘레를 댄 무명천이 압정에 박혀
팽팽한 그 시간 속에서

녹슨 바늘을 집어라 실을 꿰어라
서른세 개의 압정에 박혀 나는 아직 팽팽하다

나를 처음으로 뚫고 지나간 바늘 끝,
이 씨앗과 꽃잎과 물결과 구름은
그 통증을 지금도 기억하고 있다 기다리고 있다

헝겊의 이편과 저편, 건너가면
다시 돌아올 수 없는 언어들로 나를 완성해다오
오래전 나를 수놓다가 사라진 이여

사라진 손바닥

처음엔 흰 연꽃 열어 보이더니
다음엔 빈 손바닥만 푸르게 흔들더니
그 다음엔 더운 연밥 한 그릇 들고 서 있더니
이제는 마른 손목마저 꺾인 채
거꾸로 처박히고 말았네
수많은 槍을 가슴에 꽂고 연못은
거대한 폐선처럼 가라앉고 있네

바닥에 처박혀 그는 무엇을 하나
말 건네려 해도
손 잡으려 해도 보이지 않네
발밑에 떨어진 밥알들 주워서
진흙 속에 심고 있는지 고개 들지 않네

백 년쯤 지나 다시 오면
그가 지은 연밥 한 그릇 얻어먹을 수 있으려나
그보다 일찍 오면 빈손이라도 잡으려나
그보다 일찍 오면 흰 꽃도 볼 수 있으려나

회산에 회산에 다시 온다면

풍장의 습관

방에 마른 열매가 늘어나고 있다는 사실을
깨달은 것은 오늘 아침이었다.
책상 위의 석류와 탱자는 돌보다 딱딱해졌다.
향기가 사라지니 이제야 안심이 된다.
그들은 향기를 잃는 대신 영생을 얻었을지
모른다고, 단단한 껍질을 어루만지며 중얼거려본다.
지난 가을 내 머리에 후두둑 떨어져 내리던
도토리들도 종지에 가지런히 담겨 있다.
흔들어보니 희미한 종소리가 난다.
마른 찔레 열매는 아직 붉다.
싱싱한 꽃이나 열매를 보며
스스로의 습기에 부패되기 전에
그들을 장사 지내주어야 한다는 생각이
때 이른 풍장의 습관으로 나를 이끌곤 했다.
바람이 잘 드는 양지 볕에
향기로운 육신을 거꾸로 매달아
피와 살을 증발시키지 않고는 안심할 수 없던,
또는 고통의 설탕에 절인 과육을
불 위에 올려놓고 나무주걱으로 휘휘 저으며
달아나지 않고는 견딜 수 없던 나는
건조증에라도 걸린 것일까.

누군가 내게 꽃을 잘 말린다고 말했지만 그건
유목의 피를 잠재우는 일일 뿐이라고,
오늘 아침 방에 들어서는 순간
후욱 끼치던 마른 꽃 냄새, 그 겹겹의 입술들이,
한 번도 젖은 허벅지를 더듬어본 적 없는 입술들이
일제히 나를 향해 외치는 소리를 들었다,
나비처럼 가벼워진 꽃들 속에서.

누가 우는가

바람이 우는 건 아닐 것이다
이 폭우 속에서
미친 듯 우는 것이 바람은 아닐 것이다
번개가 창문을 때리는 순간 얼핏 드러났다가
끝내 완성되지 않는 얼굴,
이제 보니 한 뼘쯤 열린 창틈으로
누군가 필사적으로 들어오려고 하는 것 같다
울음소리는 그 틈에서 요동치고 있다
물줄기가 격랑에서 소리를 내듯
들어올 수도 나갈 수도 없는 좁은 틈에서
누군가 울고 있다
창문을 닫으니 울음소리는 더 커진다
유리창에 들러붙는 빗방울들,
가로등 아래 나무 그림자가 일렁이고 있다
저 견딜 수 없는 울음은 빗방울들의 것,
나뭇잎들의 것,
또는 나뭇잎을 잃지 않으려고
이리저리 부딪치는 나뭇가지들의 것,
뿌리 뽑히지 않으려고, 끝내 초월하지 않으려고
제 몸을 부싯돌처럼 켜대고 있는
나무 한 그루가 창 밖에 있다

내 안의 나무 한 그루 검게 일어선다

땅속의 꽃

땅속에서만 꽃을 피우는 난초가 있다
땅 위로 모습을 드러내는 일이 없기 때문에
본 사람이 드물다 한다
가을비에 흙이 갈라진 틈으로 향기를 맡고 찾아온
흰개미들만이 그 꽃에 들 수 있다
빛에 드러나는 순간 말라버리는 난초와
빛을 피해 흙을 파고드는 흰개미,
어두운 결사에도 불구하고 두 몸은 희디희다

현상되지 않은 필름처럼 끝내 지상으로 떠오르지 않는
온몸이 뿌리로만 이루어진
꽃조차 숨은 뿌리인

마른 물고기처럼

어둠 속에서 너는 잠시만 함께 있자 했다
사랑일지도 모른다, 생각했지만
네 몸이 손에 닿는 순간
그것이 두려움 때문이라는 걸 알았다
너는 다 마른 샘 바닥에 누운 물고기처럼*
힘겹게 파닥거리고 있었다, 나는
얼어 죽지 않기 위해 몸을 비벼야 하는 것처럼
너를 적시기 위해 자꾸만 침을 뱉었다
네 비늘이 어둠 속에서 잠시 빛났다
그러나 내 두려움을 네가 알았을 리 없다
밤이 조금씩 밝아오는 것이, 빛이 물처럼
흘러들어 어둠을 적셔버리는 것이 두려웠던 나는
자꾸만 침을 뱉었다, 네 시든 비늘 위에.

아주 오랜 뒤에 나는 낡은 밥상 위에 놓인 마른 황어들을 보
았다.
황어를 본 것은 그때가 처음이었지만 나는 너를 한눈에 알
아보았다.
그 황어는 겨울밤 남대천 상류의 얼음 위에 앉아 잡은 것이
라 한다.
그러나 지느러미는 꺾이고 그 빛나던 눈도 비늘도 다 시들

어버렸다.

　낡은 밥상 위에서 겨울 햇살을 받고 있는 마른 황어들은 말
이 없다.

* 《莊子》의 〈大宗師〉에서 빌려옴.
"샘의 물이 다 마르면 고기들은 땅 위에 함께 남게 된다. 그들은 서로 습기
를 공급하기 위해 침을 뱉어주고 거품을 내어 서로를 적셔준다. 하지만 이
것은 강이나 호수에 있을 때 서로를 잊어버리는 것만 못하다."

재로 지어진 옷

흰나비가 소매도 걷지 않고
봄비를 건너간다
비를 맞으며 맞지 않으며

그 고요한 날갯짓 속에는
보이지 않는 격렬함이 깃들어 있어
날개를 둘러싼 고운 가루가
천 배나 무거운 빗방울을 튕겨내고 있다
모든 날개는 몸을 태우고 남은 재이니

마음에 무거운 돌덩이를 굴려 올리면서도
걸음이 가볍고 가벼운 저 사람
슬픔을 물리치는 힘 고요해
봄비 건너는 나비처럼 고요해

비를 건너가면서 마른 발자국을 남기는
그는 남몰래 가졌을까
옷 한 벌, 흰 재로 지어진

｜ 수상 소감 ｜

무의식의 심연을 향해

슬픔을 줄곧 노래해왔다는 점에서, 서정적 전통의 자장磁場을 크게 벗어
나지 않았다는 점에서, 그리고 자연을 통한 시적 발견에 주로 의존해왔
다는 점에서, 저는 소월의 식솔 또는 후예라고 할 수 있습니다. 소월의 시
가 자신을 온전히 내려놓은 자의 한없이 낮은 목소리를 들려주었던 것처
럼, 이제는 어떤 우연과 방임, 그리고 허무 속에 몸과 마음을 맡겨보아도
좋겠다는 생각이 듭니다.

｜ 문학적 자서전 ｜

'너덜겅'이 보이는 날, 내게 오는 시

어느 가을 저녁, 퇴근하려고 차에 시동을 거는데 갑자기 가슴이 뻐근하
게 아파왔다. 눈을 들어보니 하늘이 온통 붉게 물들어 있었다. 마치 누군
가 아주 예리한 칼날로 내 가슴을 주욱 그은 것처럼. 나는 집으로 가지 않
고 노을이 잘 보이는 언덕에 차를 세웠다. 그러고는 이렇다 할 슬픔도 없
이 울음을 터뜨리고 말았다. 그 울음의 끝은 아주 멀리 있어서, 열 살 때
처음 보았던 노을에까지 울음이 흘러갔다. 아니, 열 살의 내가 이 까마득
한 시간까지 따라와 울고 있었다.

무의식의 심연을 향해

슬픔을 줄곧 노래해왔다는 점에서, 서정적 전통의 자장磁場을 크게 벗어나지 않았다는 점에서, 그리고 자연을 통한 시적 발견에 주로 의존해왔다는 점에서, 저는 소월의 식솔 또는 후예라고 할 수 있습니다. 소월의 시가 자신을 온전히 내려놓은 자의 한없이 낮은 목소리를 들려주었던 것처럼, 이제는 어떤 우연과 방임, 그리고 허무 속에 몸과 마음을 맡겨보아도 좋겠다는 생각이 듭니다.

나희덕

소월은 당대에 자신이 민요시인으로 불리는 것을 매우 싫어했다고 합니다. 그런 평가의 이면에는 소월의 시가 '깊흔(깊은) 思想'을 결여한 채 '가벼운 音響'과 '맑은 情緖'로만 이루어졌다는 폄하가 없지 않았기 때문일 것입니다. 오늘날 소월적 전통에 친연한 시인들에게 끈질기게 따라다니는 인상 역시 긍정적인 것만은 아닙니다. 슬픔으로써 슬픔을 초월하려는 태도는 감상적이라는 혐의를 받기 쉽고, 서정적인 리듬을 중시하는 태도는 산문성을 본체로 한 현대성의 결여로 인식되곤 합니다. 또한 문명적 조건 속에서 자연과 인간의 관계를 탐구하는 일은 관념적인 자연의 매트릭스에 갇힌 것처럼 이해되기도 합니다. 그러나 좋은 시란 그런 도식적인 구분들과 무관하게 다양한 메아리를 품으며 존재하게 마련이며, 소월의 시가 살아 있는 고전으로 지금까지 읽혀온 것도 그 깊고 서늘한 그늘의 힘이 아닐까 싶습니다.

슬픔을 줄곧 노래해왔다는 점에서, 서정적 전통의 자장磁場을 크게 벗어나지 않았다는 점에서, 그리고 자연을 통한 시적 발견에 주로 의존해왔다는 점에서, 저는 소월의 식솔 또는 후예라고 할 수 있습니다. 그러나 저의 시는 아직 소월의 시가 품고 있는 어떤 귀기鬼氣, 또는 죽음에 육박하는 근원적인 목소리를 지니지 못한 듯합니다. 시인이 된 지 20년이 가까워오면서도 스스로의 무의식을 제대로 대면하지 못한 탓입니다. 의식의 강물을 얼마나 더 퍼내야 그 바닥을 볼 수 있는 것인지, 언어의 두레박을 던지고 거두어들이면서 막막해질 때가 많았습니다.

그런 저에게 소월의 이름으로 상이 주어진다고 하니, 마치 누군가 제 뒤에서 머뭇거리는 등을 조용히 밀어주는 것 같습니다. 더 이상 두려워하지 말고 저 무의식의 심연을 향해 걸어 들어가라고 말입니다. 소월의 시가 자신을 온전히 내려놓은 자의 한없이 낮은 목소리를 들려주었던 것처럼, 이제는 어떤 우연과 방임, 그리고 허무 속에 몸과 마음을 맡겨보아도 좋겠다는 생각이 듭니다. 그러기 위해서는 우선 휘어지거나 에둘러가거나 멈추어 있거나 뒷걸음질치는 자신을 잠시도 견디지 못하는 강박부터 내려놓아야겠습니다.

돌아보면, 쓰고 또 쓰는 것만이 예술적 재능의 부족을 메워줄 성실성이라고 믿으면서 지내온 직진直進의 날들이 한편 저를 간신히 버티어준 힘이기는 했습니다. 그러나 이제 저에게 절실하게 필요한 것은 강철보다는 연철의 정신임을 깨닫습니다. 강철과 연철을 얼마나 절묘하게 결합하거나 적층積層시키느냐가 좋은 검을 만드는 관건인 것처럼, 저의 둔하고 뻣센 감각도 언젠가 연철의 예리하고 부드러운 날을 지닐 수 있을런지요.

제가 초고를 쓰는 검은 스프링노트 표지에는 자코메티의 조각상 사진이 붙어 있습니다. 군더더기라고는 찾을 수 없는 마르고 긴 몸. 자코메티의 초기작들은 선이 둔탁한 대신 볼륨감 있는 형태를 보여주는데, 후기로 갈수록 볼륨감은 줄어들고 선적인 요소가 뚜렷해집니다. 그에게 조각이란 '끊임없이 살을 줄여나가는 것'이었던 모양입니다. 최대한 베어내고 덜어내어 최소한의 형태를 남기는 일, 그 긴 여정이 어찌 마음의 비움을 수반하지 않았겠습니까.

그 노트 첫 페이지에 저는 언젠가 이 구절을 적어 넣었습니다. "수사修辭는 남들과의 싸움으로부터 나오고, 시는 자기 자신과의 싸움으로부터 나온다"는 예이츠의 말입니다. 노트를 펼쳐들 때마다 마음에 수없이 박혀온 그 주문을 제 시가 얼마나 감당하고 있는지는 자신이 없지만, 시를 쓰는 일이 말과 싸우고 그 이전에 자신과 싸우는 일이라는 것만은 분명합니다. 그 지리멸렬한 싸움에 지쳐갈 즈음, 더욱이 삶과 시의 적지 않은 변화를 겪으면서 유난히 두렵고 혼란스럽던 시기에 이런 격려를 받으니 낯선 시의 길을 좀 더 정직하게 밀고 나갈 용기가 생깁니다.

그러나 한편으로는 너무 분에 넘치는 상복을 누린다는 생각이 무슨 잘못을 저지른 듯 송구스러운 짐으로 남아 있습니다. 이 마음의 짐을 늘 기억하면서 부끄럽지 않은 시를 쓰는 일로 나마 갚아나가겠습니다. 마지막으로, 부족한 저의 시를 너그럽게 읽어주시고 긍정해주신 심사위원 선생님들께 감사의 마음을 전합니다.

'너덜겅'이 보이는 날, 내게 오는 시

어느 가을 저녁, 퇴근하려고 차에 시동을 거는데 갑자기 가슴이 뻐근하
게 아파왔다. 눈을 들어보니 하늘이 온통 붉게 물들어 있었다. 마치 누
군가 아주 예리한 칼날로 내 가슴을 주욱 그은 것처럼. 나는 집으로 가
지 않고 노을이 잘 보이는 언덕에 차를 세웠다. 그러고는 이렇다 할 슬
픔도 없이 울음을 터뜨리고 말았다. 그 울음의 끝은 아주 멀리 있어서,
열 살 때 처음 보았던 노을에까지 울음이 흘러갔다. 아니, 열 살의 내가
이 까마득한 시간까지 따라와 울고 있었다.

나희덕

에덴에서의 10년

내가 태어난 곳은 '에덴'이다. 평안도 용강 태생인 아버지
와 전주 태생인 어머니가 객지에서 만나 처음 정착한 곳이 논
산의 '에덴원'이라는 보육원이었기 때문만은 아니다. 누구에
게나 유년은 한 생애에 있어서 에덴과 같은 시간이다.

내가 갓난아기였을 때 아버지와 어머니가 뒷동산에 올라 찍
은 흑백사진을 본 적이 있다. 나지막한 구릉에 앉아서 아담과
이브처럼 수줍게 웃고 있는 젊은 부부. 어머니는 나를 안고,
아버지 곁에는 흰 염소 한 마리가 풀을 뜯고 있었다. 어머니가
보육원 총무로 일하던 그 시절, 아버지는 소일거리로 염소 몇
마리와 닭 몇 십 마리를 키우고 텃밭을 일구었다. 아침마다 그

염소에서 짠 젖을 마시고 그 닭들이 낳은 따뜻한 날달걀을 깨먹으며 나는 자랐다.

'에덴'의 중심에는 커다란 놋쇠종이 매달려 있고, 백 명이 넘는 식구들은 그 종소리에 따라 모였다가 흩어지곤 했다. 지금도 그곳을 생각하면 백 개가 넘는 숟가락이 동시에 달그락거리는 소리가 가장 먼저 들려온다. 그 왕성한 생명의 소리를 들으며 자랐다는 것이 내게는 독특한 유토피아의 구조를 마련해준 것 같다. 나는 지금도 낯선 사람들 속에서 한 개의 점처럼 숨은 듯 일할 때 가장 편하고 충일한 느낌을 가진다. 20대에 여러 공동체들을 찾아다니며 떠돌았던 것도 그 숟가락 소리에 대한 귀소본능이었으리라.

어떤 점에서 그곳은 에덴과 정반대로 춥고 가난하고 해가 잘 들지 않는 세계였다. 가출·도벽·음주·흡연·싸움·섹스 등을 또래들보다 일찍 목격하거나 배울 수 있는 곳이었다. 아이들은 봄동이 올라오는 밭가에 앉아 본드를 불며 추위가 지나가기를 기다렸다. 그러나 마당에서 해가 질 때까지 흙투성이가 되어 놀거나 낄낄거리며 서로의 이를 잡아주던 것도 그 울타리 안에서였으니 그곳을 '에덴'이라고 부르지 않을 수 없다.

서울이라는 곳

이삿짐을 실은 트럭이 멈춘 곳은 비슷비슷한 개량 한옥들이 늘어선 종암동의 좁은 골목이었다. 아버지가 전세금 40만 원을 들고 올라와 구해놓은 방 두 칸에서 다섯 식구가 1년 남짓 살았다. 낯선 친구들과 선생님, 흙으로부터의 절연, 속도에 대

한 부적응, 집단생활에서 도시적 핵가족으로의 전환…… 서울
로 전학한 나에게는 이런 변화가 고통스러웠다. 혼자 걷다가
길을 자주 잃었던 것 말고는 이 무렵의 기억이 거의 남아 있지
않다.

다행히도(?) 어머니가 '애향원'이라는 보육원에 취직이 되
면서 다시 변두리로 이사를 하고 집단생활이 시작되었다. 행
정구역상으로는 서울이지만 아차산 아래 자리 잡고 있던 그곳
은 그런대로 제2의 에덴이 될 만했다. 지천으로 열린 개암과
산딸기가 우리의 것이었고, 개울가에서 세수하고 가재도 잡으
며 남은 10대를 보낼 수 있었다.

길 위에서의 날들

중고등학교 6년 동안 두 시간 이상 걸어서 통학을 했다. 워
낙 마르고 허약한 몸에 무리를 해서인지 중학교 때부터 신경
염을 앓아 오른쪽 무릎이 아프기 시작했다. 갑자기 다리가 아
파오면 아무 데나 걸터앉아 통증이 무릎에서 떠날 때까지 기
다려야 했다. 여름에는 구멍가게 파라솔에 앉아 햇빛을 피했
고, 겨울에는 공사판 아저씨들과 드럼통에 지핀 모닥불을 쬐
며 이런저런 얘기를 나누었다. 나는 일찍부터 어른들의 친구
였다.

수시로 찾아드는 통증은 불편한 것이었지만, 그 덕분에 얻
은 자유는 달콤했다. 신경염 때문에 정해진 등하교 시간에 맞
추어 가지 않아도 되는 특권을 나는 수시로 남용했다. 지각과
조퇴가 잦아졌고, 친구들이 교실에 갇혀 있을 시간에 학교 주
변의 과수원과 옹기터를 돌아다니며 묘한 해방감을 느꼈다.

아픈 다리를 일부러 혹사하듯 걸어다녔고, 그러다 참을 수 없이 아프면 바위에 앉아 이끼를 긁어대거나 개미집을 건드렸다. 그 자유마저 없었다면 나는 교실이라는 공간을 끝까지 견딜 수 없었을지도 모른다. 얼핏 내성적이고 온순해 보이는 아이였지만 내면에는 좀처럼 길들여지지 않는 말 한 마리가 자라고 있었다. 그렇게 생겨난 방황과 해찰의 습관은 꽤 오래 계속되었다.

그래도 학교 일과 중에서 가장 즐거웠던 시간은 종례가 끝나자마자 도서관으로 달려가 대출구 앞에 줄을 설 때였다. 읽은 책을 반납하고 쪽지에 두세 권의 책 제목을 내밀면, 전당포의 물건처럼 책을 빌릴 수 있었다. 삼중당 문고로 된 《말테의 수기》를 읽으면서 어린 말테가 된 듯 "나는 보는 법을 배우고 있다."고 중얼거렸다. 맏딸이 작가가 되는 걸 원치 않았던 아버지 때문에 오히려 교과서 밑에 시집과 소설책을 숨겨가며 읽었고 글 쓰는 일에 몰두했다.

문예반에 들어갔다가 한두 달 만에 나오고 말았지만, 선생님은 백일장에 늘 나를 내보냈다. 입상보다는 합법적인 결석을 할 수 있다는 이유로 나 또한 그 기회를 거절하지 않았다. 백일장에서 상을 자주 타는 것이 내게는 이상한 콤플렉스를 갖게 했는데, 제도화된 인준을 받는다는 사실 자체가 그만큼 규범에 들어맞는 글을 쓴다는 증거처럼 받아들여졌기 때문이다.

윤동주와 정현종, 그리고 숲길

도서관 4층 참고열람실. 벽에는 윤동주 시인이 연희전문에 다니던 시절의 흑백사진이 확대되어 걸려 있었다. 그 액자 앞에 줄곧 앉아 책을 읽고 글을 썼던 나에게 시인의 선량한 눈빛과 미소는 보리수나무 그늘 같은 것이었다. 역사의식과 종교적 인식 사이에서, 현실적 실천과 문학적 실천 사이에서 혼란스러웠던 80년대의 대학 시절. 윤동주라는 영혼의 부끄러움이 나의 부끄러움을 위로해주던 시절이었다.

그러나 나는 점점 그로부터 전수받은 '맑음'이 불편해지기 시작했다. 무균의 도덕적 염결성이 인간에게 과연 가능한 것일까 하는 회의가 찾아들었고, 비장한 순교 의식이 현실에서 얼마나 무력하게 무너져내리는가를 경험해야 했다. 마침내 '맑음'은 내면적 분열을 겪기 이전의 미숙함을 의미하는 것으로 받아들여졌고, 하루 빨리 벗어나야 할 좁은 그릇처럼 여겨졌다. 그 불만과 불안의 힘으로 오래도록 빛을 등지고 걸었다.

시창작 수업에서 정현종 선생님을 만났다는 것은 커다란 행운이었다. 선생님은 시를 쓰는 기술보다는 시인으로서 존재하는 방식을 몸소 보여주셨다. 시인의 눈빛과 웃음, 한숨까지도 우리(연세문학회)에게는 살아 있는 교과서였다. 하지만 용기가 없어서 개별적으로 선생님을 찾아가 시를 보여드리거나 대화를 나눌 기회는 거의 없었다. 선생님의 표현에 따르면, 당시 나는 시인보다는 좋은 교사가 될 수 있는 자질을 가진 모범생처럼 보였다고 한다. 나는 어쩌면 그 인상을 뒤집기 위해 끈질기게 시를 썼는지도 모른다.

모교의 뒷산에는 한 사람이 걸을 정도의 오솔길이 있었다. 대학 시절 그 숲길은 강의실 못지않은 배움터이자 안식처였다. 마른 가지를 뚫고 나오던 연초록 잎들, 봉원사 근처에서 듣던 저녁 종소리, 한 마리 어린 짐승처럼 바위에 앉아 바라보던 밤하늘, 마른 낙엽 위에 누워서 구름을 바라보던 가을날 오후…… 숲의 변화가 내 몸속에는 고스란히 새겨져 있다. 물론 숲이 아름다움과 안온한 휴식만 준 것은 아니다. 거기에는 이파리를 모두 잃고 겨울을 나는 나무들이 있었고, 흙 위에 나뒹굴며 싸우는 목숨들이 있었고, 서로 먹고 먹히는 사슬들이 뒤얽혀 있었다. 피 흘리고 있는 세상의 축도縮圖를, 또는 내 마음속에서 일어나는 싸움의 풍경을 그 숲에서 읽기도 했다.

오솔길을 따라 봉원사까지, 그 너머 안산 자락을 헤매고 다니면서 나의 눈과 발은 조금씩 시인의 그것에 가까워져 갔다. 2학년 시창작론 수업에 제출한 시 〈뿌리에게〉가 거기서 얻어졌고, 그 작품으로 등단을 하게 되었으니 결국 그 숲길이 나를 시인으로 만든 셈이다. 정현종 선생님과 오솔길 위에서 우연히 마주친 적도 몇 번 있다. 그때마다 우리는 눈인사만 빙그레 나누고는 두 마리 개미처럼 각자의 길을 걸어갔다. 은밀한 충전의 시간을 서로 방해하지 않으려는 듯. 스승에게도 그 숲길은 오랜 직장 생활을 견디게 해준 공간이었던 모양이다.

첫 투고와 첫 시집

대학을 졸업할 무렵 시집 한 권 분량의 시들을 갖고 있었지만, 그것을 투고해 시인이 될 생각은 별로 없었다. 그러나 수원에 있는 창현고등학교 교사 시절, 혼자 자취방에 앉아 시를 쓰는 일이 점점 실감을 잃어가게 되면서 등단의 필요성을 느꼈다. 첫 투고지는 《창작과 비평》이었는데, 얼마 후 짧은 편지가 도착했다. 내 원고를 관심 있게 보았으나 등단을 하기에는 좀 더 보완이 필요하다는 내용이었던 것 같다. 나는 그것이 당시 창비에 근무하던 이시영 시인의 편지인 줄도 모르고 쓰레 기통에 던져버렸다. 그리고 몇 달 후 중앙일보 신춘문예에 투고해 덜컥, 시인이 되어버렸다. 등단한 지 1년쯤 지났을 무렵 창작과 비평사에서 시집 원고를 한번 보자는 전화가 왔다. 첫 투고에 떨어진 것이 오히려 첫 시집의 출간을 비롯해 창비와의 긴 인연을 만들어준 셈이다.

1989년 여름, 신춘문예 심사위원이었던 조태일 시인을 아현동 《시인》사 사무실에서 처음 만났다. 덜덜거리며 돌아가는 선풍기 앞에서 러닝 차림으로 앉아 있던 선생은 남방을 걸쳐 입고는 무작정 나를 데리고 길을 건넜다. 우리가 도착한 곳은 민족문학작가회의 사무실이었고, 선생은 내게 입회원서를 내밀었다. 그렇게 해서 만난 문단의 선배들과 '시힘' 동인들은 피붙이 이상의 정을 베풀어주었고, 아현동과 마포 부근에서 밤늦게까지 술잔을 기울이는 날이 많았다. 이따금 마포 강변에 둘러앉아 노래를 부르기도 했다.

종합병원 중환자 보호자실

30대의 몇 번의 여름과 겨울을 종합병원 중환자 보호자실에서 보냈다. 삶을 병동에 비유한 시인이 여럿 있지만, 내가 삶과 죽음에 대한 체감을 더 확실하게 갖게 된 것도 종합병원이라는 공간에서였다. 아침저녁의 면회시간 외에는 언제 호명될지 모르는 불안을 안고 기다려야 하는 보호자 대기실. 질병과 죽음이 일상처럼 반복되는 그 공간에서 내 귀는 고통에 대해 점점 민감해졌다. 〈이 복도에서는〉이라는 시에서 스스로를 '울음의 감별사'라고 불렀던 것처럼.

보호자 대기실조차 꽉 차서 들어갈 수 없는 날에는 복도 의자에 누워서 밤새 뒤척였다. 그렇게 딱딱한 복도 의자 위에서의 불편한 잠 같은 것이 나의 30대였다. 그 복도에서 나에게 맡겨진 역할이 환자가 아니라 보호자였다는 사실이 때로 고통스러웠다. 차라리 내가 아프면 비명이라도 지를 텐데, 긴장과 균형을 한시도 놓을 수 없는 보호자로서 가족들의 병수발과 끝도 없는 빚을 감당해야 했다. 고통에 있어서도 나는 늘 조연일 수밖에 없었다.

그러나 지금 생각해보면, 어두운 허공에 드러난 뿌리처럼 갈증에 허덕이던 그날들이 시에 있어서는 가장 파닥거리며 살아 있었던 시기였던 것 같다. 완전히 고갈된 내 존재의 뿌리를 다시 어디엔가 옮겨 심지 않고는 안 되겠다는 생각이 들었고, 대학을 졸업한 지 10년 만에 대학원에 입학했다. 입학금조차 없는 상황에서 내린 결단이었지만, 때마침 복간된 교내 잡지 《진리자유》의 기자로 일하면서 공부를 계속할 수 있었다. 뒤늦은 공부는 새로운 토양에 나를 착근시켜 주었다. 오늘도 노아방주 속으로 들어간다, 교문에 들어설 때마다 나는 이렇게 중얼거렸다.

'너덜겅'이 보이는 날

꿈을 꾸었다. 끊어질 듯 좁은 길을 끝없이 걸어가던 내 앞에 갑자기 커다란 강이 나왔다. 그런데 수영을 못하는 내가 꿈속에서는 첨벙 물에 뛰어들어 한없이 자유롭게 헤엄치고 있는 게 아닌가. 다시 물에서 나와 어느 산중턱에 이르렀는데, 저녁 무렵이라 저 아랫마을에 불이 하나 둘 켜지기 시작했다. 가까운 듯 멀게 느껴지는 그 마을을 바라보며 그리로 내려갈까 말까 망설이다 잠에서 깨어났다.

얼마 후 조선대학교 문예창작과에 자리를 얻어 광주로 이사를 하게 되었다. 생면부지의 도시와 학교였지만, 동료들의 따뜻한 배려와 자유로운 분위기 덕분에 정착하는 일이 그리 어렵지 않았다. 또한 내가 사는 마을은 무등산 아래 있어서 아침저녁으로 무등산을 바라볼 수 있다는 것이 적지 않은 힘이 되어주었다.

그러다가도 불현듯 모든 게 낯설고 혼자라는 생각이 밀려올 때가 있다. 어느 가을 저녁, 퇴근하려고 차에 시동을 거는데 갑자기 가슴이 뻐근하게 아파왔다. 눈을 들어보니 하늘이 온통 붉게 물들어 있었다. 마치 누군가 아주 예리한 칼날로 내 가슴을 주욱 그은 것처럼. 나는 집으로 가지 않고 노을이 잘 보이는 언덕에 차를 세웠다. 그러고는 이렇다 할 슬픔도 없이 울음을 터뜨리고 말았다. 그 울음의 끝은 아주 멀리 있어서, 열 살 때 처음 보았던 노을에까지 울음이 흘러갔다. 아니, 열 살의 내가 이 까마득한 시간까지 따라와 울고 있었다.

무등산의 비탈에는 군데군데 붉은 돌무더기들이 흩어져 있는데, 그 돌무더기들을 여기 사람들은 '너덜겅'이라고 부른다. 너덜겅에는 나무가 자라지 않아 멀리서 보면 가슴에 난 커다란 화상火傷처럼 보인다. 비가 오는 날이면 더욱 붉고 선명해지는 너덜겅에서 나는 광주의 상처를 읽어냈고, 때로는 내가 이끌고 온 상처가 덧나는 날들이 있다. 그런 날 오랜 친구처럼 시가 나를 찾아온다.

:: 대상 수상 시인 나희덕과 그의 작품세계

만나지 말아야 한다
신형철(문학평론가)

이 시가 아름다울 수 있었던 결정적인 이유는 역시 만남을 피하고 엇갈림을 도모하는 시인의 묘법에서 찾아야 할 것이다. 이중섭은 죽었고, 그가 한때 살았던 방에 시인은 와 있다. 시인은 '이중섭의 방에 와서'라는 부제를 굳이 달고 모든 문장들을 꼬박꼬박 과거형 어미로 여민다. 그래서 시 안에서 살고 있는 이들과 그들을 생각하며 시를 쓰고 있는 이의 시차가 마음에 밟힌다.

한 정직한 우정의 역사
장석남(시인 · 한양여대 문창과 교수)

그가 내게 건넨 이중섭의 은지화 작품이 이번 시에 그려진 작품이며 그 작품이 이중섭의 서귀포 시절의 작품이라는 사실과 겹쳐지면서 이중섭과 나희덕의 내면이 서로 예술적 탯줄로 오래전부터 연결되어 있다는 사실의 발견도 아름답게 다가왔다. 나희덕은 이중섭에게 이미 오래전부터 가슴 한편의 방을 내준 것이 틀림없다.

만나지 말아야 한다

이 시가 아름다울 수 있었던 결정적인 이유는 역시 만남을 피하고 엇갈림을 도모하는 시인의 묘법에서 찾아야 할 것이다. 이중섭은 죽었고, 그가 한때 살았던 방에 시인은 와 있다. 시인은 '이중섭의 방에 와서'라는 부제를 굳이 달고 모든 문장들을 꼬박꼬박 과거형 어미로 여민다. 그래서 시 안에서 살고 있는 이들과 그들을 생각하며 시를 쓰고 있는 이의 시차가 마음에 밟힌다.

신형철(문학평론가)

세계와 나의 시차時差에서 비롯되는 서정

술에 취해 마음이 기우뚱할 때 B는 어김없이 누군가에게 전화를 건다. 잘 지내시는가, 나는 그대가 그리워 마음속이 마른 우물 같은데, 그대는 어떠신가. 그 누군가를 정말 만나고 싶은 것이 아닐 것이다. 만날 수 없음을 재연하고 있는 것이다. 그 달콤한 고통을 음미하고 있는 것이다. 나는 그대가 그립지만 그대를 그리워하는 내가 더 그립다. 그래서 B는 만날 수 없는 이들에게만 전화를 건다. 자기 자신에게 걸고 있는 것이다. 그런 풍경 안에 함께 들앉아 있어서 그 뻔한 수작이 밉지가 않을 때, 그렇게 너나없이 취해 있을 때, 그럴 때 읽게 되는 시는 따로 있다. 나희덕의 시 중에서는 이런 시.

우리 집에 놀러와. 목련 그늘이 좋아.

꽃 지기 전에 놀러와.
봄날 나지막한 목소리로 전화하던 그에게
나는 끝내 놀러가지 못했다.

해 저문 겨울날
너무 늦게 그에게 놀러간다.

나 왔어.
문을 열고 들어서면
그는 못 들은 척 나오지 않고
이봐. 어서 나와.
목련이 피려면 아직 멀었잖아.
짐짓 큰소리까지 치면서 문을 두드리면
조등弔燈 하나
꽃이 질 듯 꽃이 질 듯
흔들리고, 그 불빛 아래서
너무 늦게 놀러온 이들끼리 술잔을 기울이겠지.
밤새 목련 지는 소리 듣고 있겠지.

너무 늦게 그에게 놀러간다,
그가 너무 일찍 피워올린 목련 그늘 아래로.
　　　　—〈너무 늦게 그에게 놀러간다〉(《어두워진다는 것》) 전문

　그가 나를 부른 것은 봄날이었으나 내가 그를 찾은 것은 겨울
날이었다. 그 시간 사이에 그의 죽음이 있다. 아직 봄이 오려면

멀었으니 목련이 피어서는 아니 되는 것이었다. 그런데 그는 어쩌자고 때 이른 목련을 요절처럼 피워놓고 이리 묵묵부답인가. "이봐. 어서 나와./ 목련이 피려면 아직 멀었잖아." 망자는 대답이 없고, 목련 같은 조등만 이내 꺼버릴 듯이 흔들린다. 그 조등 아래에서 술을 마신다. 그는 너무 빨랐고, 나는 너무 늦었다. 이 너무 빠름과 너무 늦음의 틈에서 세상의 죽음과 삶은 엇갈려 흩어질 뿐 만나지 못한다. "우리 집에 놀러와"와 "나 왔어"의 멀고 먼 간극 속에서 울음은 터져나오지 못하고 다만 고여 사무친다. 이 엇갈림과 사무침을 '서정'이라고 부르자.

오랫동안 서정은 만남의 기록으로 간주되어왔다. 자아와 세계의 만남, 주체와 타자의 만남, 마음과 마음의 만남이다. 행여 엇갈림을 노래할지라도 그 엇갈림은 세계보다 더 큰 나의 마음 속으로 대개는 수습되곤 하는 것이었다. 상처가 아니라 극복이 되고, 고통이 아니라 위로가 되고, 무너짐이 아니라 깨달음이 된다. 그리하여 마침내 만남이 된다. 서정시의 시공간에서 이렇게 마음은 자꾸만 세계보다 커지려고 한다. 그것이 서정의 본능이다. 이 본능을 통제하는 강인한 이들은 서정의 일가를 이룬다. 상처와 고통과 무너짐을 하나의 육체로 재구성해 체화석體化石을 만드는 것이 아니라, 그 발자국과 포복의 흔적만을 수습해 흔적화석痕迹化石을 만든다. 엇갈림과 사무침에 손대지 않는다.

이렇게 생각한다. 시는 엇갈림과 사무침의 화석이다. 세상과 나의 조우는 실패해야만 한다. '너무 빨리'가 세상의 시간이고 '너무 늦게'가 나의 시간이다. 그 시차時差가 서정일 것이다. 심지어는 내가 나 자신과도 엇갈리고 사무쳐야 한다. 술에 취하면 그런 시들을 찾게 된다. 술 깨고 싶지 않은 것이고, 계속 아프고 싶은 것이다. 술자리에서 우리가 원하는 것은 극복과 위로와 깨달음이 아니라, 그것들과의 애틋한 거리다. 서정이라 는 것도 그렇게 뻔하고 애틋한 수작이다. 나희덕의 수많은 명 편들 중에서 우리가 특별히 편애하는 것들은 따로 있다. 이와 같은 편견 때문이다. 그녀의 최근 시들에서 우리의 편견에 부 합하는 시들을 발견하였다. 편애작의 목록에 추가해둔다.

구경꾼의 묘법이 발휘된 시편

본래 나희덕의 시는 엇갈림을 견뎌내지 못했다. 서로 엇갈리 게 될까 봐, 그녀는 늘 먼저 너에게 갔다. "흐리거나 추운 날을 가려／ 나 그대에게 가리／ (…)／ 바람이 불쑥 칼날을 내어미는 날에도／ 바람에 눈이 찔린 나무들이 되어"(《연가》, 《뿌리에게》). 굳이 흐리거나 추운 날을 골라 떠나는 이였다. 몸과 마음이 아 파도 "당신이 힘드실까 봐／ 저는 아프지도 못합니다"(《찬비 내 리고》, 《그 말이 잎을 물들였다》)라고 말하는 대책 없는 사람이었 다. 얼어붙은 호수에 돌멩이를 던지듯 네 이름을 불렀고(《천장 호에서》, 《그곳이 멀지 않다》), "사랑에서 치욕으로,／ 다시 치욕에 서 사랑으로,／ 하루에도 몇 번씩 네게로" 두레박을 드리웠다 (《푸른 밤》, 같은 책). 그러면서 "사는 건 쐐기풀로 열두 벌의 수 의를 짜는 일"(《고통에게 1》, 같은 책)이라 말하면서 '그곳이 멀 지 않다' 고 희망을 부둥켰다. 행여 엇갈린다면 그것은 나의 잘 못이라고 자책하게 되는 사람이다. 그러니 매사에 구경꾼일 수 가 없었을 것이다.

어쩌면 유리관 속에서
헤어진 옛 애인을 발견할 수도,
길에서 잃어버린 아이를 발견할 수도,
자신이 살해한 시체를 발견할 수도 있었겠지요
그래도 모르는 척 지나며
희미한 발자국만 남기고 흩어지는 사람들,
그래서 구경꾼의 눈은
아무 죄도 저지르지 않지요
유리창 너머의 세계를 잠시 엿보았을 뿐
별거 아니군, 하는 표정으로
죽음의 극장 밖으로 걸어 나왔을 뿐

—〈구경꾼들이란〉 부분

이십 년을 살면서
한 번도 그를 구경하지 못했다

구경하기 전에
이미 나의 일부였기에

몸속의 사금파리,
통증의 원인은 거기 있었던가

일찍이 구경꾼의 묘법을 배웠더라면
피사체를 향해 셔터를 누르듯
무감하게 지켜볼 수 있었더라면

그를 이해할 수도

견딜 수도 있었으리라

　　　　　　　—〈구경꾼이 되기 위하여〉 부분

　앞의 시에서 시인은 19세기 파리의 시체전시장 '모르그
morgue'를 이야기한다. 시체가 전시되어 있는 유리관 속을 들여
다보는 "충혈된 눈"의 무정함에 대해 이야기한다. 어쩌면 그
유리관 속에서 헤어진 옛 애인, 잃어버린 아이, 내가 죽인 시체
들도 있었으리라. 그런데도 그들은 모르는 척 구경꾼의 역할에
충실할 수 있었을까? 그랬을 것이다. 살아 있는 자는 죽은 자
들로 인해 삶이 훼손되는 것을 원하지 않는다. 시체전시장은
시체를 '전시'하여 타자로 만들고, 구경꾼들은 죽음을 '구경'
하면서 그 경계를 사수했을 것이다. 이것이 시인의 마음을 적
이 불편하게 한 것 같다. 타자와의 만남을 조용히 실천했던 이
시인에게 이 전시와 구경의 협업은 불편했을 것이다. 그래서
이 시의 포인트가 되고 있는 "구경꾼의 눈은 아무 죄도 저지르
지 않지요"라는 구절은 '그것은 죄다'라는 속뜻을 껴안고 있
다. 실상 당신과 나를 포함해서 우리 시대의 많은 이들은 그저
이 세상의 구경꾼들이 아닌가. 이라크의 살육을 구경하고, 버
지니아 공대의 지옥을 구경하고, 고故 허세욱 씨의 분신을 구
경하고, 그 많은 이주 노동자들의 코리안 드림을 구경하고 있
지 않은가. 타인의 상처, 고통, 죽음을 '모르그'에 봉인한 채
우리는 이런 대화를 나누지 않았던가. 어쩌란 말인가, 우리에
게는 아무 죄가 없다.

앞의 시를 이렇게 읽을 수밖에 없는 것은 저 시가 다름 아닌 나희덕의 시이기 때문이다. 복숭아나무가 갖고 있는 "여러 겹의 마음"(〈그 복숭아나무 곁으로〉, 《어두워진다는 것》)까지를 읽어내는 시인이 아닌가. 그런데 뒤의 시에다 그녀는 의외롭게도 '구경꾼이 되기 위하여'라는 제목을 얹어두고 있다. 무슨 곡절일까. 남편인 듯 보이는 이에게 나는 속엣말을 한다. 나는 20년 동안 한 번도 당신을 구경꾼의 눈으로 바라본 적이 없구나, 하고. 당신이 힘들까 봐 나는 아플 수도 없다고 말하는 이라면 과연 그랬을 것이다. 그는 "이미 나의 일부"인 것이어서 그의 고통은 그대로 나의 고통이었다. 이 난감한 사태를 시인은 "몸속의 사금파리" 혹은 "눈 속의 사금파리"라는 이미지로 수습해내고 있다. 그러나 이제 시인은 자문한다. 이 '동일성'이 외려 그와 나의 삶을 더 어렵게 만든 것은 아닌가. 거리를 적당히 유지하는 법을 배웠더라면 어땠을까. 어쩌면 "그를 이해할 수도/견딜 수도 있었으리라." 이를 깨닫는 데 20년이 걸렸다.

우리는 이 대목이 중요하다고 생각한다. 이를 좀 확대 해석해보면 어떨까. 구경꾼이 되지 않기 위해 시를 써온 사람이다. 타자·삶·세상과 만나기 위해 애쓴 사람이다. 반성하고 깨닫고 다짐하는 일이 그녀의 일이었다. 그런 윤리적 태도가 그녀의 시를 진실하게 했고 선하게 했고 아름답게 했다. 많은 사람들이 그 점을 높이 샀고 반복해서 상찬했다. 그러나 그 상찬들이 우리에게는 좀 답답하다. 그녀의 좋은 시들 중에는 그와는 다른 길을 가면서 성공한 시들도 있다. 그래서 우리는 "나희덕의 수많은 명편들 중에서 우리가 특별히 편애하는 것들은 따로 있다"고 말했다. 끝내 만나려 하지 않고 엇갈리게 내버려두는 시들이 좋다. 반성과 깨달음과 다짐 없이도 사무치는 시들이 있다. "피사체를 향해 셔터를 누르듯 무감하게" 세상을 바라볼 때 다른 진실, 다른 선, 다른 아름다움이 생겨날 수도 있을 것이다. 이를 시인의 말을 빌려 '구경꾼의 묘법' 이라 부를 수 있다.

엇갈림과 사무침의 서정

지금부터 읽을 세 편의 시가 유독 우리에게 인상적이었던 것은 이 시들에서 저 구경꾼의 묘법이 발휘되고 있기 때문이다.

그해 봄날, 매화나무는
불 꺼진 베란다 구석 커다란 화분에 갇혀 꽃을 피웠다
드문드문, 살아 있다는 증표로는 충분하게

뿌리를 적신 물이 하수구로 흘러들었고
매화나무는 下血을 하는지
시든 꽃잎들이 하르르 하르르 물에 떠다녔다

소리 없는 말처럼 붉은 진이 가지에 맺히고
꽃 진 자리마다 잎이 돋기 시작했다
역류한 하수구의 물이 그녀를 키우기라도 하는 것일까
두려웠다, 집을 삼킬 듯 자라는 잎들이
열매 맺을 수 없는 나무의 피로 무성해지는 잎들이

뒤늦게야 벙어리 園丁을 떠올렸다
묘목을 실어주며 간절하게 가슴을 쓸어내리던 그의 손말을

아, 알아듣지 못했다

화분 속에 겨울 들판을 들이려고 한 나는

—〈원정園T의 말〉부분

　매화나무의 묘목을 가져다 집에 들였다. 봄이 와서 매화는 "불 꺼진 베란다 구석 커다란 화분에 갇혀" 꽃을 피웠다. 겨우 살아 있는 것 같았다. 하혈하듯 꽃을 피웠고, "소리 없는 말처럼" 잎을 피워 올렸다. 나는 두렵다. 도대체 무엇이 잘못된 것일까. 그러다가 "뒤늦게야" 벙어리 정원사를 떠올리며 생각한다. 나에게 묘목을 건네줄 때 그가 말이 되지 않는 말로 무언가를 말하려 했음을 말이다. 그러나 그때 알아듣지 못했다. 다소 모호하게 느껴질 정도로 '만남'에 무심한 시다. "아, 알아듣지 못했다"에서 멈출 뿐 시인은 "그의 손말"을 끝내 번역하지 않는다. 다만 매화의 "소리 없는 말"과 정원사의 "손말"을 무심히 포개놓고 있을 뿐이다. 앞에서 '너무 빨리'와 '너무 늦게'의 시차가 서정이라고 우리는 썼다. 이 시에는 그런 의미에서의 시차가 있다. 이 시는 "뒤늦게야"에 걸려 있는 저 엇갈림과 "아,"에 걸려 있는 사무침만으로 서정에 도달한다. 깨달음도 반성도 다짐도 없다. 만나려는 조급함이 없기 때문에 시의 뒷문이 열린 채로 은은하다. 이에 비하면 팔이 없는 행인을 소재로 한 시 〈팔이 된 눈동자〉의 경우는 어떤가. 미처 횡단보도를 다 건너지 못한 행인이 '없는 팔' 대신 필사적으로 눈동자를 흔드는 모습을 보다가 시인은 저 침묵의 말을 번역하고 만다. "이 그물을 벗어나기 위해서는／ 눈동자라는 두 바퀴를／ 더 빨리 굴려갈 수밖에 없다는 듯이,／ 그것만이 사라진 팔의 통증을 잊게 해준다는 듯이.” 이것은 만남의 시가 되었다. 덕분에 시의 뒷문은 닫혀버렸다.

　　아비 어미가 싸운 것도 모르고
　　큰애가 자다 일어나 눈 비비며 화장실 간다

　　뒤척이던 그가
　　돌아누운 등을 향해 말한다

　　… 당신… 자……?
　　저 소리 좀 들어봐… 녀석 오줌 누는 소리 좀
　　들어봐… 기운차고… 오래 누고……
　　저렇도록 당신이 키웠잖어… 당신이……

　　등과 등 사이를 흘러가는 물소리를
　　이렇게 듣기도 한다

　　담이 결린 것처럼
　　왼쪽 어깨가 오른쪽 어깨를 낯설어할 때
　　어둠이 좀처럼 지나가 주지 않을 때
　　새벽녘 아이 오줌 누는 소리에라도 기대어
　　보이지 않는 강을 건너야 할 때
　　　　　　　　　　　　　　　—〈물소리를 듣다〉 전문

이 시 역시 만남을 피했기 때문에 아름다울 수 있었다. 예컨대 이렇게 썼다면 어땠을까. 부부싸움의 정황을 진술한다(기). 돌아누운 두 등의 이미지로 생의 고독을 묘사한다(승). 아이의 오줌 누는 소리가 문득 들려온다(전). 애틋한 그 물소리가 부부의 갈등을 상징적으로 화해시킨다(결). 이것이 전형적인 만남의 시다. 그러나 이 시는 엇갈림을 엇갈림으로 내버려둔다. 먼저 3연에 느슨하게 흩어져 있는 아비의 독백이 읽는 이의 가슴에 얹히고 "등과 등 사이를 흘러가는 물소리"가 그 긴장을 그대로 끌고 간다. 물소리는 다만 등과 등의 '사이'를 흘러가고만 있을 뿐 두 등을 마침내 돌아눕게 하는 데까지는 이르지 못한다. 나는 그 소리를 듣고만 있다. 그리고 시의 시간은 거기서 멈춘다. 마지막 연에서 '―할 때'로 끝나는 유보적인 구절 세 개가 저 '시간'의 의미를 오래 곱씹게 하면서 만남의 시간을 유예한다. 계속 흐르고만 있는 그 물소리 위로, 오른쪽 어깨를 낯설어하는 왼쪽 어깨의 슬픔, 고여서 흘러가지 않는 어둠의 막막함, 보이지 않는 강을 건너는 사람들의 안간힘 등이 포개질 때, 이 시는 얼마나 의연한가.

이 시를 유사한 이미지를 품고 있는 다른 시와 함께 읽으면 이 시의 장처長處가 더 확연해진다. 예컨대 〈저 물방울들은〉에서 시인은 이유를 알 수 없이 계속 떨어지는 물방울의 소리를 듣고 있다. 곧이어 "삶의 누수를 알리는 신호음"이라는 예상 가능한 은유가 시 안으로 들어올 때 시인의 걸음은 이미 급하다. 덕분에 나와 물방울의 긴장은 너무 쉽게 무너져버린다. 엇갈림을 견디거나 만남을 유예시키지 못하고 있다. 내처 시인이 "아, 저 물방울들은/ 나랑 살아주러 온 모양이다"라는 서정적 깨달음을 발설할 때 이미 만남은 성사되면서 종료된다. 물방울이 핏방울로 전이되는 후반부의 이미지("빈혈의 시간 속으로 흘러드는 낯선 핏방울들")가 제 힘을 충분히 발휘하지 못하게 되는 것이다. 반면 우리가 인용한 시에서 물소리는 끝내 흐르고만 있을 뿐이다. 이 엇갈림과 사무침은 만남과 화해보다 아프고 존엄하다. 마지막 시를 읽는다.

> 서귀포 언덕 위 초가 한 채
> 귀퉁이 고방을 얻어
> 아고리와 발가락군*은 아이들을 키우며 살았다
> 두 사람이 누우면 꽉 찰,
> 방보다는 차라리 관에 가까운 그 방에서
> 게와 조개를 잡아먹으며 살았다
> (…)
> 방이 너무 좁아서 그들은
> 하늘로 가는 사다리를 높이 가질 수 있었다
> 꿈속에서나 그림 속에서
> 아이들은 새를 타고 날아다니고
> 복숭아는 마치 하늘의 것처럼 탐스러웠다
> 총소리도 거기까지는 따라오지 못했다
> 섶섬이 보이는 이 마당에 서서
> 서러운 햇빛에 눈부셔 한 날 많았더라도
> 은박지 속의 바다와 하늘,
> 게와 물고기는 아이들과 해질 때까지 놀았다
> 게가 아이의 잠지를 물고
> 아이는 물고기의 꼬리를 잡고

물고기는 아고리의 손에서 파닥거리던 바닷가,

그 행복조차 길지 못하리란 걸

아고리와 발가락군은 알지 못한 채 살았다

빈 조개껍데기에 세 든 소라게처럼

*화가 이중섭과 그의 아내가 서로를 부르던 애칭.

                              ─〈섶섬이 보이는 방〉 전문

　한국전쟁이 발발하자 피난을 떠난 이중섭 부부가 부산에 도
착한 것은 1950년 12월 초였다. 그 이듬해 1년을 그들은 제주도
에서 보낸다. 서귀포 어딘가에 고방庫房을 얻었다. '섶섬'이 내
려다보이는 방이었다. 그 방에서 아고리와 발가락군은 살았다.
이중섭은 일본 유학 시절 이래 '턱'(아고)이 긴 이李 씨라 하여
'아고리'라 불렸고, 그의 일본인 아내 마사코는 연애 시절 둘
이 산책을 하다 그녀가 발가락을 삐었던 일 이래로 '발가락군'
이었다(최석태, 《이중섭 평전》, 돌베개, 56쪽, 190쪽). 발가락군과
함께 보낸 피난지에서의 한철이 아고리의 생애에서 가장 풍요
로웠던 한 시절이었다는 사실은 슬픈 아이러니다. 전쟁의 참화
를 비껴갈 수 있었다. 사랑하는 아내와 아이들도 곁에 있었다.
수려한 풍광을 화폭에 담을 수도 있었다. 그러니까 삶과 사랑
과 예술이 모두 함께 도모될 수 있었다. 위 시는 이 시기의 한
때를 포착한 아름다운 작품이다.
　이 시에는 이중섭의 그림들이 알게 모르게 스며들어 있다.
예컨대 "방이 너무 좁아서 그들은/ 하늘로 가는 사다리를 가질
수 있었다"라는 멋진 구절에는 네 가족이 얼싸안은 모습을 천

장에서 내려다보는 시선으로 그린 〈화가와 가족〉이 스며들어 있고, "아이들은 새를 타고 날아다니고/ 복숭아는 마치 하늘의 것처럼 탐스러웠다"에는 서귀포의 환상이 재현되어 있으며, "게와 물고기는 아이들과 해질 때까지 놀았다"에는 〈해변의 아이들〉이나 〈그리운 제주도 풍경〉 등의 그림이 겹쳐져 있다. 덕분에 손에 잡힐 듯한 이미지들로 생생하다.

그러나 이 시가 아름다울 수 있었던 결정적인 이유는 역시 만남을 피하고 엇갈림을 도모하는 시인의 묘법에서 찾아야 할 것이다. 이중섭은 죽었고, 그가 한때 살았던 방에 시인은 와 있다. 시인은 '이중섭의 방에 와서'라는 부제를 굳이 달고 모든 문장들을 꼬박꼬박 과거형 어미로 여민다. 그래서 시 안에서 살고 있는 이들과 그들을 생각하며 시를 쓰고 있는 이의 시차가 마음에 밟힌다. 지금 그들은 행복하다. 훗날이 불우할 것이었으나 미구에 닥쳐올 불행을 그들은 알지 못한다. 그러나 시인은 안다. 알면서 그들의 행복했던 한때를 그린다. 이 엇갈림을 시인은 내내 모른 척하다가 마지막에서야 슬쩍 건드린다. "그 행복조차 길지 못하리란 걸/ 아고리와 발가락군은 알지 못한 채 살았다." 자신의 삶과 엇갈린 이중섭이 아프고, 그 아픔과의 만남을 섣불리 도모하지 않은 시인의 절제가 또한 아프다. 이 시는 우리가 내내 되풀이 말해온 엇갈림과 사무침의 서정을 저력 있게 구현한 사례다.

이제 술자리에서 찾게 될 시가 몇 편 늘었다. 특히 엇갈림과 사무침으로 평생을 살았던 이중섭을 생각하며 위의 시를 읽을 것이다. 술에 취해 마음이 기우뚱한 B는 또 어딘가에 전화를 걸겠다. 걸어라, 시는 조등 아래에서 마시는 술이니, 그것이 술자리에서 쓰이는 서정시다. 시도 그렇고 사람도 그렇다. 그리워도 만나지 말아야 한다.

한 정직한 우정의 역사

> 그가 내게 건넨 이중섭의 은지화 작품이 이번 시에 그려진 작품이며 그
> 작품이 이중섭의 서귀포 시절의 작품이라는 사실과 겹쳐지면서 이중섭
> 과 나희덕의 내면이 서로 예술적 탯줄로 오래전부터 연결되어 있다는
> 사실의 발견도 아름답게 다가왔다. 나희덕은 이중섭에게 이미 오래전부
> 터 가슴 한편의 방을 내준 것이 틀림없다.

장석남(시인 · 한양여대 문창과 교수))

예술적 탯줄로 연결된 이중섭과 나희덕

지난겨울 제주도로 짧은 여행을 다녀왔다. 함께 공부하던
분이 요양차 그곳에 터를 잡고 초대를 한 거였다. 이곳저곳 안
내를 받아 가며 돌았다. 너무 짧은 일정이라 한자리 지긋이 오
래 앉아 있지 못하는 것이 못내 아쉬웠지만 한자리만큼은 쉬
자리를 뜨기 싫었다. 서귀포의 이중섭 기념관이 그곳이었다.
일행은 그 집을 둘러보고 이내 다음 차례인 미술관으로 갔으
나 나는 그곳에 가지 않고 그대로 툇마루에 앉아 있기로 했다.
그래야만 할 듯 잠시라도 그 집의 벗이 되어봐야겠다는 생각
이 들었던 모양이다. 그 집이 당시 이중섭이 살던 그대로는 아
닐지라도 뭔지 모를 친연성이 마치 말로만 듣던 대고모를 만
난 듯 아픔 반, 기쁨 반의 느낌으로 다가왔다. 게다가 겨울 볕

이 한창 좋았다. 그저 마루 끝에 신을 벗고 올라가 앉아 있는 것이 전부건만 여간한 기쁨이 아니었다. 집을 크게 한 바퀴 돌아본 뒤로 내내 나는 한쪽 마루 끝에 오도카니 앉아 있었다. 찾는 사람도 드물었다. 한참 앉아 있자니 어느 모녀가 웃으며 들어섰다. 집과 관련한 사람이라도 되는 것으로 알았는지 경계의 표정 하나 없는, 눈빛으로는 알은체를 하며 지나가는 게 싫지 않았다. 딸이 막 대학에 합격한 기념으로 아마 여행을 온 듯싶었다. 딸이 혹 미대에 진학한 것이 아닐까 짐작해보았으나 묻지는 않았다. 또한 이마가 푸른 청춘 남녀도 들어서서 사진을 부탁하기도 했다. 나는 이중섭이 되어서 그들의 내면을 짐작해보기도 했다. 그들은 이중섭의 내면을 짐작하며 천천히 발길을 돌리는 것이리라. 특히나 그분의 그 은지화들 생각을 떠올리지 않았을까?

앞바다에는 어깨가 제법 올라선 섬(그 섬 이름이 섶섬이라는 것을 이번 나희덕 씨의 수상작을 통해서 알았다)이 덩그만히 떠 있었다. 마당가에 커다란 팽나무가 서 있었다. 너는 이중섭 선생을 보았니? 그 앞의 건물은 높아서 바다를 반은 가려놓았지만 나는 이중섭이 바라보았을 그 부채같이 활짝 펼쳐진 바다의 전경을 그려보았다. 방 안은 문이 잠겨 있어 들여다볼 수가 없었다. 한참을 그렇게 앉아 있는데 놀라워라. 방 안에서 기침 소리가 들리는 것이 아닌가. 늙은 여인의 기침 소리 같은데 참다가 겨우 무엇인가로 틀어막으면서 뱉어내는 소리 같았다. 누가 계신가요? 하고 물어도 아무 대답이 없었다. 아무리 둘러봐도 벗어 남긴 신발은 없는데 누군가가 그 안에 있는 것이었다. 기묘한 느낌에 잠시 환幻에 빠져들기도 했다. 그가 앉아

아껴가며 그림을 그렸음직한 방이 기침 소리가 들린 그 방 같은데, 알은체를 하는 건가? 숱 많은 검은 머리카락을 쓸면서 웃음 띤 얼굴로 마당에 들어선다면 나는 선생님! 하며 마주 일어날 수도 있을 텐데. 그의 은지화 그림들을 떠올려보면서 나는 마침 내려온 일행에 조금 슬픈 마음이 되어서 포함되었다.

나에게 이중섭은 두 개의 길을 통해 닿아 있다. 그중 한 길은 나희덕이 준 길이다. 그게 언제였던가. 13, 4여 년 전이던가. 우리가 가끔 안부를 묻는 친구가 되어 차를 마시기도 하던 시절 그는 이중섭의 전시를 다녀왔다며 내게 작은 은지화 판화 액자를 하나 주었다. 나는 가까운 자리에 그것을 걸어두고 바라보곤 했다. 지금도 직장의 책꽂이에는 그것이 처음 받을 때보다는 좀 더 낡은 채로 걸려 있다. 나는 그 그림을 통해 나희덕을 바라보기도 했을 것이다. 어쩌면 이중섭의 서귀포 시절을 조금은 애달프다고 생각하며 그의 발길이 지났을 자리를 더듬어 생각하며 길게 앉아 있게 한 것도 그가 내게 건넨 그 그림이 한몫했을지도 모르겠다.

공교롭게도 그런 일이 있고 난 올봄 잡지에서 나는 나희덕의 〈섶섬이 보이는 방〉을 발견했다. 우연이겠지만 오랫동안 가보고 싶던 그곳을 찾아 조금은 기묘하게 이중섭을 겪고 온 내게 그의 이번 작품은 유심하지 않을 수 없었다. 마치 그 자리에 같이 앉아 있었기라도 한 듯 선명하게 공감된 바였다. 헌데 좀 있다가 그 작품이 소월시문학상 수상작이 되었다는 소식을 접했다. 그가 내게 건넨 그 은지화 작품이 이번 시에 그려진 작품이며 그 작품이 이중섭의 서귀포 시절의 작품이라는 사실과 겹쳐지면서 이중섭과 나희덕의 내면이 서로 예술적 탯줄로 오래전부터 연결되어 있다는 사실의 발견도 아름답게 다가왔다. 감히 질투도 조금은 나야 하련만 그런 것은 없이 이렇게 저렇게 아귀가 맞아가는 것이 있었다. 나희덕은 이중섭에게 이미 오래전부터 가슴 한편의 방을 내준 것이 틀림없다. 그것만으로도 큰 수상감이 아닌가.

뿌리내리는 것에서 키우는 존재로

그해 겨울, 그러니까 1990년 1월쯤이었을 것이다. 하재봉 형을 위시한 시운동 동인 선배들이 한 달에 한 번 정도 인사동 '평화 만들기'에 모였다. 새로 나온 시집 한 권을 놓고 이야기를 나누기도 하고 선배 시인을 모시고 이야기를 듣기도 하던 가회嘉會였다. 더 중요하고 즐거운 것은 물론 이어지는 술판과 노래판이었다. 그때는 노래방이 없을 때였으니 육성이었다. 어린 나도 자주 말석에 앉아 있었다. 그때 잘 듣던 기형도 선배의 노래는 말 그대로 압권壓卷이었다(애석해라!). 김주연 선생이나 조정권 선생, 최동호 선생, 오규원 선생 들도 불려 나와 청문회(?)를 하곤 했다. 그리워라, 유다른 행복이여! 그날은 그해 신춘문예 당선자들이 불려 나온 자리였던 것으로 기억한다. 김기택 형과 나희덕이 나란히 앉아 있던 모습이 선명하다. 나는 그보다 두 해 먼저 나온 '선배'였으나 그들은 나를 안중에 두는 눈치는 아니었으므로 나도 내 작은 모습을 확인하며 좀 섭섭했을 것이다. 나희덕은 신문으로 본 것보다도 훨씬 수수하고 맑고 어린 미인이었으므로 나도 몰래 자꾸 몰래 눈길이 갔는데 나쁜 아니었을 것이다. 아직 문단엔 미인이 태부족인 시절이었다!(지금도? 지금은 내가 그런 말 할 처지는 못 된다)

저만치 '말석'에 앉은 나에게까지 그의 눈길이 닿을 리는 없었으리. 그런저런 이유가 처음 본 나희덕을 좀 차가운 인상으로 받아들이게 했다. 구김 없는 엘리트의 길을 또각또각 걸어가는 모습이었던 것이다. 그것이 나쁜 것이 아님에도 으레 '뒷골목길'이요 '셋방'인 나 같은 사람은 얼마나 그림자가 길던 시절이던가. 나중에 안 것이지만 나희덕은 이미(!) '저만치 피어 있'었다고 한다. 수컷들이란 신춘문예니 잡지니 펼치면 늘 작품보다는 우선, 특히 새 인물의 경우 관상부터 보는 법이니 대면하게 되면 좀 설레는 것이 사실 아니던가. 혼날라!

깊은 곳에서 네가 나의 뿌리였을 때
나의 막 갈구어진 연한 흙이어서
너를 잘 기억할 수 있다
네 숨결 처음 대이던 그 자리에 더운 김이 오르고
밝은 피 뽑아 네게 흘려보내며 즐거움에 떨던
아 나의 사랑을

먼 우물 앞에서도 목마르던 나의 뿌리여
나를 뚫고 오르렴,
눈부셔 잘 부스러지는 살이니
내 밝은 피에 즐겁게 발 적시며 뻗어가려무나

척추를 휘어접고 더 넓게 뻗으면
그때마다 나는 착한 그릇이 되어 너를 감싸고,
불꽃 같은 바람이 가슴을 두드려 세워도

네 뻗어가는 끝을 하냥 축복하는 나는
어리석고도 은밀한 기쁨을 가졌어라

네가 타고 내려올수록
단단해지는 나의 살을 보아라
이제 거무스레 늙었으니
슬픔만 한 두릅 꿰어 있는 껍데기의
마지막 잔을 마셔다오

깊은 곳에서 네가 나의 뿌리였을 때
내 가슴에 끓어오르던 벌레들,
그러나 지금은 하나의 빈 그릇,
너의 푸른 줄기 솟아 햇살에 반짝이면
나는 어느 산비탈 연한 흙으로 일구어지고 있을 테니
　　　—〈뿌리에게〉, 1989년 《중앙일보》 신춘문예 당선작

　　그러나 그렇게 어린 대학생 같던 그에게 이러한 정신이 있
었다니 지금 새삼 읽어보아도 놀랍다. 과연 '연한 흙'으로서
잘 기억하려고 한, 아니 그때 이미 기억하고 있는 그 뿌리(사
랑)의 정체는 무엇인가. 신인가, 아니면 진리인가. 예술인가
욕망인가. 그것은 '어리석고도 은밀한 기쁨'이니 현실적 욕망
은 아니겠고 그렇다고 아주 순리나 운명에 맡겨버리는 것은
아닌, 무엇보다도 강하게 아픔을 자각하면서 충만과 상실을
동시에 간직한 무엇이다. 그가 대지적 삶에 충실하겠다는 선
언으로까지 읽히는 이 작품은 이후의 그의 삶을 끊임없이 견

인하는 에너지의 원천이 되었을 것이다. 그러한 대지적 삶의 지향은 그에게는 생래적인 것으로 여겨진다. 나는 모든 예술가의 첫 작품에 대한 터부 같은 것을 어느 정도 믿는 편인데 그의 이 작품 또한 큰 줄기에서는 늘 그를 닮아 있는 것이다.

"열 살 무렵 서울에 올라와 자주 길을 잃어버리던 종암동의 골목길. 서울생활에 잘 적응하지 못했던 나는 육교를 두 번 건너서 학교에 가야 하는 일이 말할 수 없이 낯설고 힘들었다. 금방이라도 떨어질 것 같아 난간을 꼭 붙들고 엉금엉금 육교를 내려오던 어린아이에게 도시는 현기증과 멀미만을 안겨줄 뿐이었다. 그러다가 골목길로 접어들고 나면 왠지 집에 다 온 것 같은 안도감이 들어서, 반쯤 열린 낯선 나무대문 안으로 호기심어린 눈길을 던질 여유도 생겨나는 것이다."

─《반통의 물》, 55쪽

이렇듯 부유하는 것에 대한 불안의 기억은 이후 모든 부유하는 것에의 애정과 연민으로 연결되며 모든 뿌리내려야 할 것의 배후가 되어 키우는 존재로까지 자신을 연결시키고 있는 것이다.

그는 가고
그가 남기고 간 또하나의 육체,
삶은 어차피 낡은 가죽 냄새 같은 게 나지 않던가
씹을 수도 없이 질긴 것,
그러다가도 홀연 구두 한 켤레로 남는 것

그가 구두를 끌고 다닌 게 아니라
구두가 여기까지 그를 이끌어 온 게 아니었을까
구두가 멈춘 그 자리에서
그의 생도 문득 걸음을 멈추었으니

얼마나 많이 걸었던지
납작해진 뒷굽, 어느 한쪽은 유독 닳아
그의 몸 마지막엔 심하게 기우뚱거렸을 것이다
밑 모를 우물 속에 던져진 돌이
바닥에 가 닿는 소리
생이 끝나는 순간에야 듣고 소스라쳤을지도 모른다
노고는 길고 회오의 순간은 짧다

고래 뱃속에서 마악 토해져 나온 듯한
구두 한 켤레, 그 속에는
그의 발이 연주하던 생의 냄새 같은 게
그를 품고 있던 어둠 같은 게
온기처럼 한 움큼 남겨져 있다 날아간다
　　　　　　　　　　　—〈구두가 남겨졌다〉 전문

　　고 문익환 목사를 조문하는 자리에서 누군가 문득 일어나
낡은 구두 한 켤레를 들어 보이며, 생전에 단 한 번도 두 켤레
의 신발을 가져본 적 없었던 문 목사의 마지막 신발이노라고
하던 장면을 노래한 시다. 문익환 목사는 이미 생전에 뜨거운
상징이 된 분이 아닌가. 우리가 모두 아랫목에 발목을 묻고 잠

들 때 그이는 당대의 모순들을 정면으로 돌파하고자 단 한 켤레의 닳아빠진 신발로 여기저기 금기의 지역까지를 순례하던 분이 아닌가. 나희덕 씨는 그냥 지나칠 수 없어 귀가 길을 돌이켜 낯설 것이 뻔한 조문객이 되었다고 한다. 그 조문의 자리는 어쩌면 그가 처음 시단에 등장할 때부터 가지고 있던 그 '대지'의 마음이 아닐 수 없다. 우리 같은 소인小人은 도저히 흉내 낼 수 없는 풍모가 아닌가.

무등無等의 상처에 내린 뿌리

어느 핸가 함께 동해 쪽에서 행사를 마치고 돌아오던 버스 안이었다. 조심스레 광주에 직장이 생길지도 모른다는 말을 꺼냈다. 순간 나는 진심으로 축하했다. "아무도 따가지 않는 꽃사과야,/ 너도 나처럼 빚 갚으며 살고 있구나./ 햇살과 바람에 붉은 살 도로 내주며/ 겨우내 매달려 시들어가는구나"(《빚은 빛이다》)라고 노래한 것처럼 현실적으로 어려운 일들이 겹쳐 있다는 것을 알고 있던 터였으므로 아주 잘된 일이었다. 그에게 그러나 현실의 어려움은 시의 대지가 될 수도 있으니 달게 감수하고 있다는 얘기도 들었다. 그에게는 어쩌면 다가오는 모든 어려움을 '빛'으로 바꾸어버리는 근기가 있는지도 모른다. 나는 그런 좋은 일이 생겨 다행이라는 생각을 하면서 한편으로는 나희덕의 삶에 '광주'가 그냥 지나칠 수 없는 어떤 운명 같은 것이구나 속으로 생각했다. 이미 세기를 달리한 시점임에도 광주라는 하나의 커다랗게 뚫려버린 상징은 그의 삶의 너른 '대지'에서 뿌리칠 수 없는 하나의 '뿌리'였는지도 모른다. 무리를 해서 해석하자면 광주는 어쩌면 그의 무의식에 이렇게 변주된 대상이었을지 모른다. "네가 타고 내려올수록/ 단단해지는 나의 살을 보아라/ 이제 거무스레 늙었으니/ 슬픔만 한 두릅 꿰어 있는 껍데기의/ 마지막 잔을 마셔다오" 나는 그때 달리 축하의 방법을 몰라 박수근의 복제 판화를 하나 꺼내어 건네며 축하했던 듯하다. 그 궁색이라니!

  그렇게 그는 광주로 솔가해 갔다. 그와의 거리는 꽤 멀어진 셈이지만 왠지 그렇게 느껴지지는 않았다.

  그가 보이지 않으니
  가슴의 火傷 또한 보이지 않았다
  동쪽 창으로 멀리 보이던 無等,
  갈매빛 눈매는 성글고 그윽하였으나
  그 기억의 분화구를 들여다보기 두려워
  한 번도 가까이 가지 못했다
  너무나 큰 죽음을 보아버린 눈동자가
  저리도 평화로울 수 있다니,
  진물 흐르는 가슴이 저리도 푸르다니,
  그러나 오늘은 그가 먹구름 속에 들어 계셨다

  그는 보이지 않았지만
  아주 가까운 숨소리에 잠이 깨었다

  밤마다 그의 겨드랑이께 숨은 마을로 돌아와
  상처 입은 짐승처럼 잠이 들면
  그는 조금씩 걸어 내려와

어지러운 내 잠머리를 지키다 가곤 했으니
그를 보지 않은 듯 나는 너무 많이 보아온 것이다

먹구름이 걷히자
천천히 걸어 올라가는 그의 등이 보였다

無等에게로 돌아가는 無等,
녹음 속의 火傷은 보이지 않았지만
내 손에는 거기서 흘러내린 진물이 묻어 있었다
그의 겨드랑이께에서 깨어났다
            —〈그는 먹구름 속에 들어 계셨다〉 전문

아마도 광주를 노래한 시 중에 이만한 절창도 쉽지 않을 것
이다. 나는 이 시를 통해 그의 지나간 역사적 시간에 대한 내
면을 들여다본다. "그를 보지 않은 듯 나는 너무 많이 보아온
것이다"라는 구절이 말해주듯 그의 생각은 그렇게 골똘해 있
었으니 그가 무등無等 기슭에 살게 된 것은 우연이라고만 하긴
어렵게 되었다. 미당未堂의 무등이 전후 50년대적 내면이라면
황지우의 무등은 80년대의 그 무등이다. 그리고 나희덕의 무
등은 세기를 달리한, 그러나 아직도 진물이 아주 마르지 않은
무등이다. 그것은 '상처를 보기 두려워' 한 번도 가까이 가지
못한 자의 힘겨움과 이미 손에는 진물이 묻어 있는 숙명을 가
진 자의 그 길항과 결합의 풍경을 동시에 보여줌으로써 모두
를 숙연케 한다. 그럼에도 역사 속으로만 빠져들지 않고 도가
적 배경을 설정하고 있으니 그의 생각은 유장하고 그의 기법

이 능숙한 것을 알 수 있다.

그가 그렇게 무등 기슭에 깃들고 나고 몇 해가 지나 나는 그의 호출을 받았다. 그는 늘 누군가에게 베풀고 싶어 타는 몸이다. 과분한 강연료를 준비해두고는 홀홀히 오라고 전갈했다. 그러나 그것이 아니더라도 감히 그의 명을 거역할 엄두는 나지 않는다. 왜? 그것이 나희덕이다. 그때 잠시 무등산 기슭 그의 거처와 가까운 의재毅齋 미술관을 그의 안내를 받으며 산책했다. 급하게 깔리는 어스름 속이었다. 춘설헌春雪軒 곁을 흐르는 계곡이 급속히 어두워지고 있었다. 우리는 별말도 없이 아름다운 그곳을 걸어 내려왔다. 의재毅齋의 무등도 있다는 것을 그는 너무나 잘 알고 있었고 그것을 내게도 말해주고 싶었던 것일까? 어느 쪽인가 하면 나는 아무래도 의재의 무등에, 담양 쪽의 무등에 더 가깝다는 것을 그는 넌지시 말해주고 싶었을지 모른다. 아니면…… 그는 담양을 둘러보고 무등의 아름다운 허리를 넘어 그곳으로 안내했던 것이다. 그때 그 행로는 오랫동안 격조 높은 판화처럼 나의 맘속에 남아 있다.

나는 그와 여러 번 밤을 새운 기억이 있다. 저 대관령 너머의 그윽한 숲길이며 여름 용문사의 물소리 속 비단 같던 새벽길이 생각나기도 한다. 그러나 오해는 마시길. 그에게는 담백한 남자가 있다. 그는 가끔 그 남자로 지내기도 한다. 어떨 때는 동시에 그 남자를 내어서 균형을 잡는다. 십 몇 년이 넘게 가깝게 지내도 손 한 번, 옷자락 한 번 잡아 보지 못한 사람이 그에 대해 무엇을 안다고 이러한 글을 붙잡고 있는지 모르겠다. 아무 자격 없는 처지이고 보니 스스로 처량한 생각이 든다. 그 처량한 생각은 다시 한 번 춘설헌을 돌아보고 싶은 마

음이 되고 그 아래에서 먹던 남의 살과 소주의 다디단 맛으로
이어진다. 그 처량함이 그에게로 가서 '실뿌리'라도 된다면
나는 내내 스스로를 대견스러워할 것이다.

이상스럽게도 어스름 속 그 춘설헌에 무언가 빠뜨리고 온
것이 있는 듯하다. 그것이 무엇일까! "방이 너무 좁아서 그들
은/ 하늘로 가는 사다리를 높이 가질 수 있었다"(《섶섬이 보이
는 방》)는, 나희덕에게는 넘치지만 나에게는 너무나 부족한 지
혜 같은 것은 아닐까?

이승하
소가 싸운다 외

1960년 경북 의성 출생.
중앙대 문창과 및 동 대학원 박사과정 졸업.
1984년 《중앙일보》에 시, 1989년 《경향신문》에 소설 당선.
시집 《사랑의 탐구》·《욥의 슬픔을 아시나요》·《폭력과 광기의 나날》·《생명에서 물
건으로》·《뼈아픈 별을 찾아서》·《인간의 마을에 밤이 온다》.
시론집 《세계를 매혹시킨 불멸의 시인들》·《이승하 교수의 시 쓰기 교실》
《한국 시문학의 빈터를 찾아서》·《한국 현대시와 풍자의 미학》 등.
대한민국문학상신인상 · 지훈문학상 · 중앙문학상 수상.
현재 중앙대 문창과 교수로 재직.

멍

그대 목덜미와 손등에 남아 있는
푸른곰팡이 같은 멍을 보았네
파스가 가리지 못한 멍은
매 맞던 시간을 반추하고 있을까
멍이 대신해
그대 아팠었다고 말해주고 있네
그대 아무 말 없이
차창 밖 한강 풍경을 보고 있지만

검붉게 노을 지는 한강을
넋 놓고 보던 그대 눈망울에
서서히 맺히는 물기를 보았네
몰래, 그러나 유심히 보니 멍의 색깔은
거무튀튀하다 아니, 푸르죽죽하다
매 맞은 아내들의 멍이
저 하늘을 푸르죽죽하게 멍들게 해
하늘이 저리 찡그리고 있나

아팠기에 밤은 해를 토해냈으리
아팠기에 바다는 해일로 솟구치기도 했으리
아팠기에 사람은 야광충처럼 빛나는

멍의 색깔을 기억하며 산다
멍든 여인아
그대 피부에 입김을 호– 호– 불어주고 싶지만
마음마저 멍들까 봐 몰래, 그러나 유심히
훔쳐보고만 있네 저 목덜미, 손등의 푸르른 자국

소가 싸운다

모래사장은 시방 엄청나다
뜨거운 힘과 힘이 맞서 있다
쏘아보는 저 소의 눈이
링에 오른 격투기 선수 같다
거품을 입가에 지그시 물고
앞발로 호기롭게 모래사장을 찬다
징이 울리자

힘이 힘을 향해 달려 나간다
사방팔방으로 모래가 튀고
사람들의 함성…… 소와 사람의 힘이 튄다
저놈이 지면 내 힘이 다 빠지고
저놈이 이기면 남의 힘까지 내 힘이 되는 세상
한쪽 소의 뿔에 더 큰 분노가 실려
다른 소의 뒷발이 밀리기 시작한다

힘으로 들이받자 힘으로 맞받는다
모래사장에 튀는 피 뿌려지는 침
쥐 죽은 듯 고요해지는 싸움판
침을 질질 흘리며 고통을 참던 소가
마침내 삼십육계를 놓자

징이 울린다 싸움이 끝나자
한쪽은 더 큰 함성을 지르고
다른 쪽은 욕설을 뱉는다

쫓겨 달아난 소가 못내 미운지
이긴 소 못다 한 힘을 어떻게 못해 씩씩거린다
이긴 소의 주인은 카악 가래침을 내뱉는다
푸른 지폐와 누른 수표가 오갈 때마다
사람들의 눈빛이 소의 눈빛보다
더 살벌하다 더더욱 분노에 차 있다

아름다운 부패를 꿈꾸다

썩지 않는다면 발길에 차이는 것은⋯⋯

썩어갈 수 있다니 다행이다
내 죽어 썩지 않은 채
지상의 한 귀퉁이에 있다면
살아 있는 이웃에게 부끄럽고
태어나지 않은 후손에게는 더더욱 부끄러울 일

내가 눈 똥 썩지 않고서는
거름이 안 되듯이
내 이 한 몸 썩지 않는다면
이 세상에 죄짓는 일
잘 썩어 흔적도 없이 사라지면 좋으련만
흙을 움켜쥘까 두렵다
풀뿌리를 잡고 늘어질까 두렵다

살면서 첩첩이 쌓은 죄
용서받을 길 없으니
화장터까지 가는 수고 할 것 없이
관에 누워 땅 차지하고 있을 것 없이
지렁이 득시글대는 땅 어느 한 귀퉁이에서

제대로 썩고 싶다—아름답게

숨
―중환자실 면회기

말하는 법을 잊어버린 그대여
폐기종肺氣腫으로 입원한 병원 중환자실에서
들이쉬고 내쉬는 일을 기계가 해주니
살아 있어도 산 것이 아니로다
의식과 숟갈을 함께 놓은 지 벌써 일주일째

촌각과 촌각 바로 그 사이에서
정자와 난자가 기적적으로 만나고
살아 있는 자의 생사가 엇갈린다
그대 옆에 누운 환자는 온몸을 펄럭이며
마지막 호흡을 하고 있다 오열하는 식구들

바로 그 옆에는
나무토막과도 같은 식물인간이
벌써 두 달째 감감 무소식
지금 손가락 하나 움직일 수 없는 것은
쓰러졌을 때 10여 분 늦게 발견되었다는 것이 이유의 전부?

사람의 운명이 호흡지간에 있는데
지상에서의 남은 날들을 어찌 헤아릴 수 있으랴
신을 대신하여 쌓아올린 시간의 바벨탑 뒤로

별똥별이 또 하나 긴 사선을 그으며
지구의 품으로 파고들다가
죽는다

고가도로에서

레퀴엠
카오디오의 볼륨을 한껏 높인다
2006년의 봄—대한민국의 수도 서울에서
나 숨쉬며 살아가고 있지만 황사먼지 너무 심해
숨쉬는 것조차 쉽지 않다
스카이라인이 누르께하다
화장지를 뽑아 누런 코를 풀고
창문을 닫는다 밀폐된 공간에
나 지금 음악과 더불어 있다 사뭇 장중하다

레퀴엠
사망자 명단에 나는 단 한 번도 없었지
퇴근 무렵에 백화점이 무너지고
출근 시간에 다리가 끊어지고
지하철이 한참 멈춰 서고 고시원에 불이 났을 때
나는 십중팔구 차를 몰고 있었을 것이다
서울에서 차를 몬다는 것은
난간 없는 고가도로를 질주한다는 것
그러나, 집이 있고 직장이 있고
대학동창이 있고 단골술집이 있는
수도 서울을 벗어날 수 없어

나 오늘도 핸들 잡고 아슬아슬 곡예한다

레퀴엠
얼마나 많은 넋들이 이 도시를 떠돌고 있을까
시야에는 검은 아스팔트와 잿빛 시멘트 벽
황사먼지와 배기가스가 채색한
저 누르께한 하늘에 검붉은 노을이 내려
하늘 또한 장중한 색조다
별을 볼 수 없는 또 하나의 밤이 오고 있는데
나 아직 살아 있으니 여기서 살겠다
줄이지 않겠다 카오디오의 볼륨을
여기서는 줄일 수 없다 차의 속도를

물의 길을 보며
—박상언에게

파르라니 머리 깎은 아내 데리고
홍천강 언덕에 차 대놓고 앉아서
노을이 질 때까지 넋 놓고 강을 본다
저 강은 저 가고 싶은 대로 가는가
홍수 나면 화난 듯이
가뭄 들면 기진한 듯이
흘러온 강이기에 또 흘러갈 것인가

둘러선 저 산들 낯붉히는 가을인데
네 번째의 항암치료에도 기약이 없다
한마디도 해줄 말이 없어 바라보는 강
겨울이 와서 저 강이 얼어도
아랑곳하지 않고 설중매가 피어날까
강변에 화들짝 산수유가 피어나도
아랑곳하지 않고 물은 저의 길을 갈까

"저 강은 청평호에서 수명을 다하나요?"
죽어도 죽은 것이 아니기에 물이듯이
흐르고 흘러 바다까지 가고
하늘로 올라가 비도 되어 내리겠지
물이 모이면 길을 내어 흐르는데

이승하 125

그대 목숨의 길은 이 강 언덕에서도
보이지 않는다, 보이지 않는다
어느덧 은하수 흘러가고 있다

밤의 군대

이동하고 있다 밤의 군대
헤드라이트 불빛에 눈을 번뜩이는 완장, 계급장, 훈장
밤의 군대는 막강하다
집단이 집단을 무너뜨리자면
막강하고 거대해야 한다 철의 군대 기갑의 군대
힘의 집중은 어두운 밤에 이루어지게 마련
은밀하게, 일사불란하게, 그리고 사주 경계!

돌도끼가 창검으로 바뀌는 동안
창검이 총검으로 바뀌는 동안
총검이 미사일로 바뀌는 동안
피는 강을 만들었고 시체는 산을 만들었다
후송되는 부상자들이 괴로워 신음하는 밤
밤이 제 스스로 아프다고 한다
퇴각하는 패잔병들이 무어라 뇌까리는 밤
밤이 제 스스로 지겹다고 한다

개개인이 외로운 밤에도
집단이 최면에 걸린 밤에도
군대는 만들어진다 야간 매복
야간 각개전투 야간 화생방 훈련 야간 사격 훈련

밤이면 행군하고 낮에 잠드는 군대
밤이 군대를 훈련시키고 있다
저 어두운 힘의 근원이

자정 무렵의 기도
—사형수를 위하여

그대 몰래 뜬 낮달처럼
낭떠러지에 진종일 매달려 있었다고
때가 되면 밤 오니 다행이지만
등댓불은 안 보이고……
표류하는 배처럼…… 혹은
난파 직전의, 혹은
침몰 직전의,

시를 쓰는 마음으로 잠자기 전에 기도한다고
희망의 기도…… 아니, 원망의 기도를
갈망의 기도…… 아니, 절망의 기도를
그대 기도를 몰래 듣는 이는
사람의 아들인가 신의 아들인가
망령이면 살인자를 마음껏 비웃어주고
감방 동료면 애도하는 마음을 가져다오

그래, 시를 쓰는 마음으로 나 또한 기도하리
고개 들면 아랫도리에
수건 한 장 두른 이가 내려다보고 있어
오금이 저리다 몸서리가 쳐진다
알몸으로 사람들 앞에 섰던 몇 번의 기억……

지금도 수치스러워 돌아버릴 것 같은데
하물며
그대의 죄목은? 그대의 형기는?
그대의 생일은? 그대의 결혼기념일은?

자정 무렵까지 기도하다 잠이 든 어느 밤에
나 그대 꿈에서 만나기도 했었다
면회 간 회수보다 많은……
목이 달랑 매달리거나
전기의자 위에서 숨을 거두는……
아깝거나 아깝지 않거나
다 똑같은 목숨이 이 가을에
먼 감옥의 벽 안쪽에서도
단단히 여물고 있으리

송찬호
찔레꽃 외

1959년 충북 보은 출생.
경북대 독문과 졸업.
1987년 《우리 시대의 문학》 6호에 〈금호강〉·〈변비〉 등을 발표하면서 등단.
시집 《흙은 사각형의 기억을 갖고 있다》·《10년 동안의 빈 의자》·《붉은 눈, 동백》 등.
김수영문학상·동서문학상 수상.

찔레꽃

그해 봄 결혼식날 아침 네가 집을 떠나면서 나보고 찔레나무숲에 가보라 하였다

나는 거울 앞에 앉아 한쪽 눈썹을 밀면서 그 눈썹 자리에 초승달이 돋을 때쯤이면 너를 잊을 수 있겠다 장담하였던 것인데,

읍내 예식장이 떠들썩했겠다 신부도 기쁜 눈물 흘렸겠다 나는 기어이 찔레나무숲으로 달려가 덤불 아래 엎어놓은 하얀 사기 사발 속 너의 편지를 읽긴 읽었던 것인데 차마 다 읽지는 못하였다

세월은 흘렀다 타관을 떠돌기 어언 이십 수년 삶이 그렇데 징소리 한 번에 화들짝 놀라 엉겁결에 무대에 뛰어오르는 거 어쩌다 고향 뒷산 그 옛 찔레나무 앞에 섰을 때 덤불 아래 그 흰 빛 사기 희미한데,

예나 지금이나 찔레꽃은 하얬어라 벙어리처럼 하얬어라 눈썹도 없는 것이 꼭 눈썹도 없는 것이 찔레나무 덤불 아래서 오월의 뱀이 울고 있다

동사자凍死者

여전히 사내는 눈의 여왕을 기다리고 있다 이제 방은 거의 빙하로 뒤덮였다 저쪽 방 한 구석에서 소주 한 병 라면 한 냄비의 보급을 실은 쇄빙선이 몇 번 항진을 시도하다 되돌아갔다

한 가지 불길한 사건이 있었다 난방 배관을 건드린 것인지, 방바닥 저 밑을 지나던 잠수함이 기관 고장을 일으켜 수백 미터 얼음 아래 갇혀 있다는 소식이다 아하, 그래서 연탄 보일러가 얼어 터졌구나!

사내는 옷을 몇 겹 더 껴입는다 눈 앞에서 환영처럼, 북극의 흰곰이 방을 가로질러간다 그렇다, 지금은 사냥의 계절! 사내는 자작나무 무늬의 벽지를 두리번거린다 저 숲 간이 피난소 어딘가에 화약과 양초를 숨겨놓았을 터인데,

그러나 때는 이미 늦었다 벌써 여왕이 들이닥칠 시간이다…… 여왕은 한 방울의 하얀 피를 떨어뜨려 꾀죄죄한 몇 벌의 옷 곰팡이가 핀 벽지의 방 안 풍경을 순식간에 아름다운 설원으로 바꿔놓았다 사내의 얼굴도 피가 도는 듯했다 여왕과의 키스를 기억하려는 듯 입을 벌리고 눈을 반쯤 뜬 채,

어찌 보면, 동사凍死란 이 계절의 여왕이 낮게 내뱉는 가녀린

한숨 같은 것일 게다 아무튼 사내의 장례는 청색의 관을 준비
해야 한다 요즘 같은 시대 동사자가 생기는 건 흔치 않은 일이
니까, 죽어서도 부자들은 가난뱅이들과 섞이려 들지 않으니까,

　채찍을 휘둘러 마차의 속력을 더 내야겠다 시간 앞에서는
여왕도 늙는다 여왕의 얼굴도 녹아 사라진다

토란잎

　나는, 또르르르…… 물방울이 굴러가 모이는 토란잎 한가운
데, 물방울 마을에 산다 마을 뒤로는 달팽이 기도원으로 올라
가는 작은 언덕길이 있고 마을 동남쪽 해 뜨는 곳 토란잎 끝에
청개구리 청소년수련원의 번지점프 도약대가 있다

　토란잎은 비바람에 뒤집힌 우산을 닮았다 그래도 토란잎 대
궁 아래 서면 비가림 정도는 충분하다 한 번은 낙하산을 타고
내려오던 군인이 하늘에서 길을 잃고 토란잎에 착지한 적 있
다 나는 그와 함께 초록뱀이 짧게 발등을 스치고 지나간 청춘
의 오솔길에 대해 오래 이야기하였다
　바람이 없어도 토란잎은 온몸을 흔들며 경련을 한다 어디든
삶의 격절과 단층은 있는가 보다 그럴 때마다 물방울들은 의
자나 기둥에 매달려 떨며 흔들리며 몹시 아프다

　지난 여름, 소나기가 토란잎을 두드려 드럼을 연주하는 가
설 무대가 선 적 있다 한 달간 소나기가 계속되었고 그 다음
한 달은 폭염이 세상을 지배했다 빗속 천둥과 번개가 토란잎
위에서 뒹굴었고 그 다음 전라의 젊은 남녀가 태양을 피해 토
란잎 그늘로 뛰어들었다 그러고 보면 세상을 한껏 치장하는
앵무새의 혀, 사자의 갈기, 원숭이의 다이아몬드 꼬리, 잉어의
수염 등은 한낱 삶의 가면에 불과하다

그리고 지난 여름, 토란잎을 둘러싼 탱자나무 울타리에 커다란 해일이 일었다 그러나 어떠한 사소한 뉴스도 탱자나무 가시 울타리를 뚫고 넘어오지 못했다 다만, 아무도 다치지 않은 채 오직 탱자나무 가시만 홀로 아팠다 그리고 훌쩍, 여름은 지나갔다

　언제나, 물방울들은 토란잎 한가운데 모여 합창을 한다 또르르르 또르르르 쉼 없는 물방울들의 합창 또르르르 또르르르 힘겨운 물방울들의 노젓기 토란잎, 이 배가 가 닿는 세상의 끝은 어디인가 나는 게으르게 언덕에 누워 아득히 하늘을 지나는 비행기를 본다 어디 저기에서 쓸 만한 냉장고 하나 안 떨어지나……

겨울의 여왕

우리는 겨울의 여왕을 기다리고 있어요 여왕을 맞기 위해
우리는 언덕의 울타리를 높여 눈사태를 막아야 해요 굴뚝에
고깔지붕을 씌우거나 창문을 덧대고 무거운 솜과 소금을 짊어
지고 당나귀 시험도 통과해야 해요

겨울의 여왕은 멀리 북극열차를 타고 오지요 곧 수만 볼트
고압의 추위가 레일을 타고 빠르게 달려올 거예요 엄청난 폭
풍이 몰려와 배를 산꼭대기로 밀어올릴 거예요 그래도 우린
견뎌야 해요 끝없이 밤을 행군하는 군인들의 일그러진 얼굴을
보아요 그들의 차가운 총검이 녹아 부러지면 어찌 되겠어요
더욱 혹한이 와야 해요 연못 속 물고기도 자석을 꼬옥 물고 얼
음장 아래 단단히 붙어 있어야 해요

돌쩌귀가 바람에 울고 있어요 벌써 길 건너 오리나무숲 아
궁이도 꺼졌어요 덜컹거리는 창문 소리에 놀라 목화씨가 가장
먼저 겨울잠을 깼네요 겨울의 여왕님, 지금 여기는 겨울의 피
가 부족해요 하얀 얼음의 콧수염에게 붙는 세금마저 너무 비
싸요

겨울의 여왕님, 우리는 당신에게 우리 아이들을 바쳤답니다
이 겨울 가장 추운 나라에 사는 순록의 뿔처럼 아이들 키를 한

뺨만 키워주세요 지금쯤 아이들은 대륙을 이동하는 쇠기러기의 바구니를 얻어 타고 북극을 날겠지요 투룬바 호수의 푸른 눈동자와 오로라 공주도 보겠군요 그런데 어쩌지요, 우리는 백설의 구두가 녹을까 봐 따듯한 난로 곁으로 당신을 부르지 못하겠어요…… 아무튼, 겨울이 깊었습니다 사랑해요, 겨울의 여왕님!

고래의 꿈

나는 늘 고래의 꿈을 꾼다
언젠가 고래를 만나면 그에게 줄
물을 내뿜는 작은 화분 하나도 키우고 있다

깊은 밤 나는 심해의 고래방송국에 주파수를 맞추고
그들이 동료를 부르거나 먹이를 찾을 때 노래하는
길고 아름다운 허밍에 귀 기울이곤 한다
맑은 날이면 아득히 망원경 코끝까지 걸어가
수평선 너머 고래의 항로를 지켜보기도 한다

누군가는 이런 말을 한다 고래는 사라져버렸어
그런 커다란 꿈은 이미 존재하지도 않아
하지만 나는 바다의 목로에 앉아 여전히 고래의 이야기를
한다
해마들이 진주의 계곡을 발견했대
놀게 가족이 새 펄집으로 이사를 한다더군
봐, 화분에서 분수가 벌써 이만큼 자랐는걸……

내게는 아직 많은 날들이 남아 있다 내일은 5마력의 동력을
배에 더 얹어야겠다 깨진 파도의 유리창을 갈아 끼워야겠다
저 아래 물밑을 쏜살같이 흐르는 어뢰의 아이들 손을 잡고

해협을
　달려봐야겠다

　누구나 그러하듯 내게도 오랜 꿈이 있다
　하얗게 물을 뿜어올리는 화분 하나 등에 얹고
　어린 고래로 돌아오는 꿈

민들레역

민들레역은 황간역 다음에 있다

고삐가 매여 있지 않은 기관차 한 대
고개를 주억거리며 여기저기
철로변 꽃을 따먹고 있다

에구, 이 철없는 쇳덩어리야,
오목눈이 울리는 뻐꾹새야
쪼르르 달려온 장닭 한 마리 기관차 머릴 쪼아댄다

민들레 여러분, 병아리양말 무릎까지
끌어올렸어요? 이름표 달았어요?
네, 네, 네네네 자 그럼 출발!

민들레는 달린다 종알종알 달린다

민들레역은 황간역 다음

오동나무

나는 아직도 오동나무를 찾아갔던 그때의 기억을 생생히
간직하고 있다 그때 나는 너무도 시를 쓰고 싶었다
그리하여 오동나무와의 인사는 아름드리 그 허리를 한 번
안아보는 것

근처에서는 딸기나무 관리인인 검은 염소가
청동의 고삐를 잃어버린 것일까,
온통 딸기나무밭을 헤집어놓고 있었다

오동나무는 말했다 나무 위쪽으론 빠끔한 하늘을
그냥 흑판으로 쓰는 작은 산비둘기 학교가 있고 발 아래
뿌리가 뻗어나간 곳까지 일궈놓은 십여 평의 그늘이 그의
삶의 전부라고

그 말을 들어서일까 나무 아래 앉아 먹는
청태의 그늘을 뜯어 누른 오동나무 막국수가 얼마나 맛있었
던지
그리고 오동나무 따님이 내온 냉차는 얼마나 시원하던가

그때 계절은 참으로 치열했었다
염소의 두 뿔과 붉은 딸기가 얼마나 범벅이었는지

냇가에서는 돌과 잉어의 배가 얼마나 딴딴해졌는지

  지금도 나는 언덕 위 그 오동나무를 기억하고 있다
  다리 건너 입구의 오동나무 우체통, 현관 앞 오 분씩 늦게
가는 오래된 오동나무 괘종시계
  진흙이 달라붙어 잘 떨어지지 않던 오동나무 구두, 부엌 쪽
오동나무 도마 소리……

기린

　길고 높다란 기린의 머리 위에 그 옛날 산상호수의 흔적이 있다 그때 누가 그 목마른 바가지를 거기다 올려놓았을까 그때 그 설교시대에 조개들은 어떻게 그 호수에 오를 수 있었을까

　별을 헤는 밤, 한때 우리는 저 기린의 긴 목을 별을 건지는 뜰채*로 사용했는데, 기린의 머리에 긁힌 별들이 아아아아— 노래하며 유성처럼 흘러가던 시절이 있었는데

　어렸을 적 웃자람을 막기 위해 어른들이 해바라기 머리 위에 무거운 돌을 올려놓을 때 그걸 내려놓기 위해 나는 해바라기 대궁을 오르다 몇 번씩 떨어졌느니, 가파른 기린의 등에 목에 매달려 진드기를 잡아먹고 사는 아프리카 노랑부리할미새의 비애를 나는 이제야 알겠느니,

　언제 한 번 궤도열차 표 한 장 끊어 아득히 기린의 목을 타고 올라 고원을 거닐어보았으면, 멀리 야구장에서 홈런볼이 날아오면 그걸 주워다 아이에게 갖다주었으면, 걷고 거닐다 기린의 뿔을 닮은 하늘나리 얼음꽃 한 가쟁이 꺾어올 수 있었으면

　기린이 내게 다가와, 언제 동물원이 쉬는 날 야외로 나가 풀

밭의 식사를 하자 한다 하지만 오늘은 머리에 고깔모자 쓰고 주렁주렁 목에 풍선 달고 어린이날 재롱잔치에 바쁘단다 아이들 부르는 소리에 다시 겅중겅중 뛰어가는 저 우스꽝스런 기린의 모습을 보아라 최후의 詩의 족장을 보아라

*별을 건지는 뜰채: 반칠환

정끝별
불멸의 표절 외

1964년 전남 나주 출생.
이화여대 국문과 및 동 대학원 졸업.
1988년 《문학사상》 신인발굴 시 부문에 〈칼레의 바다〉 외 6편이 당선되어 시인으로,
1994년 《동아일보》 신춘문예에 평론이 당선되어 평론가로 등단.
시집 《자작나무 내 인생》·《흰 책》·《삼천갑자 복사빛》.
평론집 《패러디 시학》·《천 개의 혀를 가진 시의 언어》·《오룩의 노래》.
현재 명지대 국문과 교수로 재직.

내 처음 아이

일곱 살 딸애가 자면서 울고 있다
돌아누운 등이 풀썩풀썩 내려앉을 때마다
애처로운 고양이 한 마리 한껏 젖어
갓난아기 적 울음소리를 내고 있다
울지 마 아가 괜찮아 괜찮아

꿈에 나는 여름 아침 일곱 살이네
낯선 외출을 준비하는 서른아홉의 엄마가 끓여준 새우죽은
맛도 좋았건만
아버지는 여전히 역정을 내시고
엄마 없는 아침은 금방 저물어
저물어서야 입학식에 가려고 비탈길을 달려 내려가네
길 끝 오래 산 나무들이 거느린 첩첩의 물가
그처럼 깊은 풍경을 본 적 없어 훌쩍이며 울고 말았네
생시의 딸이자 생시에도 없는 여동생이 방학이라며 신나게
달려 내려와 오른 길로 달려가고
달려 내려오던 여선생이 들썩이는 내 어깨를 쓰다듬고는 다
시 오른 길로 달려가네
왼 비탈 아래 눈 쌓인 등성이로 노을이 드네
털목도리를 두른 낯익은 사람들이 봄소풍을 오르네
꿈에도 그처럼 부시게 저무는 풍경을 본 적이 없어

팔짝팔짝 뛰며 울고 있는 나를
괜찮아 엄마 괜찮아 새우깡 냄새를 풍기는 한 손이 꿈 밖에
서 다독이네
엿보아서는 안 될 꿈을 엿보아버린 일곱 살 적 꿈만 같아
어쩌면 나는 곧 죽을 것도 같았네

생각해보면, 시를 쓰기 시작하면서
제 스스로 몸 밖에 빗장 걸어 잠근
내 처음 아이 늘 늑골 속에서 울고 있다
사랑이 시작될 때도 그렇게 울었으리라
제 늑골에 비탈길을 내는 눈물에 의지해
제 늑골을 다독이는 손바닥으로 눈물을 훔치며
괜찮아 아가 다 괜찮아 언제나
짜디짠 서 말 닷 되의 진땀을 흘리며 울고 있다

잘 익은 시에서 풀썩이는 숨소리가 들리는 이유
모든 숨에 소금기가 배어나는 이유

황금빛 키스

나는 상상의 시간을 살고
나는 졸음의 시간을 살고
나는 취함의 시간을 살고
나는 기억의 시간을 살고
나는 사랑과 불안과 의심의 시간을 살고

폐결핵을 앓던 시절 한 여자를 사랑한 적 있다
왼팔이 빠진 채 언니 등에 업혀 울면서 누런 소다 찐빵을 먹
었는데, 정말로
흰 왜가리를 탔다 왜가리의 펼친 날개가 너무 커 창천이 깨
지고 벼락을 맞기도 했건만
꿈속 남자와 방 한 칸 얻어 살림을 살았던가
아버지 도박빚에 버스차장이 되어 미싱공이 되어 급기야 접
대부가 되어
달랑 시집 한 권을 남기고 서른세 살에 요절했다 간절히
첫 키스를 했던 남자와 두 딸과 학생들을 가르치며 부득부
득 살고는 있지만

불쑥 돋아나 칭칭 감기며
조각난 채 일렁이는 불끝처럼

한 손은 운전대를 잡고 한 손은 밤식빵을 뜯으며 그랜드 힐튼을 오가다 문득

봉쇄수도원의 대침묵에 감춰진 희디흰 맨발을 쳐다보고 있는 나, 나였던가?

이미 결혼한 적이 있고 아들이 하나 있음을 떠올리고는 소스라치듯

눈이 까만 순록이 되어 눈 덮인 툰드라를 헤맸을 적 발바닥이 타는 듯 시렸던

서귀포 물가에 나란히 누워 저무는 생의 끝맛을 보았건만

한여름 네거리에서 빨간 원피스의 미아가 되어 아모레 아모레 미오를 들었던 그때나 지금이나

촌충 한 마리는 도대체 몇 마디일까
아메바 한 마리의 촉수는 몇 가닥일까

삶이 이게 전부일 거라 생각할 수 없다
시간은 폭포처럼 떨어지고 되솟는다
나비처럼 펄럭이며 떠다닌다
아직까지 누구도 아니었던 나는
눈을 감고 기다린다 황금빛의

시인의 시간을
도둑의 시간을
거짓말의 시간을
발기된 탑과 덩굴과 안개의 시간을

십이월의 사과꽃

다디단 사과 냄새를 피우며
삼천 창공의 구름밭에서 피어나는
천만의 흰 꽃들
너는 본디 내 몸에서 나온 물의 새끼들
한밤 내 한 남자가 피워내는 일 억 송이
한평생 한 여자가 피워내는 수백만 송이
삼천 창공의 구름밭에서
한 생각이 왔다가는 깜빡 사이에
천불 난 송이 송이를 씨 뿌리고 있다니,
지금도 너는
사각사각 사과 깎는 소리를 내며
차디찬 이 약속의 별에 내려앉고 있다니,
밥 한술을 뜨고
국 한술을 뜨는 사이
천 조兆의 날개를 접었다 펴곤 한다니,
밤새 휘날리는
한 송이 송이에서
흰 사과꽃이 피어나고
연이어 붉은 사과가 열릴 것이다
한 송이 송이가
우화등선羽化登仙의 약속이다

불멸의 표절

난 이제 바람을 표절할래
잘못 이름 붙여진 뿔새를 표절할래
심심해 건들거리는 저 장다리꽃을 표절할래
어디서 오는지 알 수 없는 이 싱싱한 아침 냄새를 표절할래
앙 다문 씨앗의 침묵을
낙엽의 기미를 알아차린 아직 푸른 잎맥의 숨소리를
구르다 멈춘 바닥에서부터 썩어드는 자두의 무른 살을 표절
할래
그래, 본 적 없는
세상을 향해 달리는 화살의 그림자들을 표절할래
진동하는 용수철처럼 쪼아대는 딱따구리의 격렬한 사랑을
표절할래
허공에 정지한 벌의 생을 떠받치고 선
저 꽃 한 송이가 감당했던 모종의 대역사와
어둠과 빛의 고비에서
나를 눈뜨게 하는 당신의 새벽 노래를
최초의 목격자가 되어 표절할래
풀리지 않는, 지구라는 슬픔의 매듭을 베껴 쓰는
불굴의 표절작가가 될래
다다다 나무에 구멍을 내듯 자판기를 두드리며
백지의 당신 몸을 표절할래

첫 나뭇가지처럼 바람 속에 길을 열며
조금은 그렁이는 미래라는 단어를
당신도 나도 하늘도 모르게 전면 표절할래
자 이제부터 전면전이야

통속

서두르다를 서투르다로 잘못 읽었다 잘못 읽는 글자들이 점점 많아진다 화두를 화투로, 가늠을 가름으로, 돌입을 몰입으로, 비박을 피박으로 잘못 읽어도 문맥이 통했다

말을 배우기 시작하는 네 살배기 딸도 그랬다 번번이 두부와 부두의 사이에서, 시치미와 시금치 사이에서 망설이다 엄마 부두 준다면서 왜 시금치를 떼는 거야 그래도 통했다

중심이 없는 나는 마흔이 넘어서도 좌회전과 우회전을, 가로와 세로를, 종대와 횡대를, 콩쥐와 팥쥐를, 덤과 더머를, 델마와 루이스를 헷갈려 한다 짝패들은 죄다 한통속이다

칠순을 넘기신 엄마는 디지털을 돼지털이라 하고 코스닥이 뭐냐고 하면 왜 웃는지 모르신다 웃는 육남매를 향해 그래 봐야 니들이 이 통속에서 나왔다 어쩔래 하시며 늘어진 배를 두드리곤 하신다

칠순에 돌아가셨던 외할머니는 이모를 엄니라 부르고 밥상을 물리자마자 밥을 안 준다고 서럽게 우셨다 한밤중에 밭을 매러 가시고 몸통에서 나온 똥을 이 통 저 통에 숨기시곤 하셨다

오독이 문맥에 이르는 정독과 통한다 통독이 이러하리라

세상의 등뼈

누군가는 내게 품을 대주고
누군가는 내게 돈을 대주고
누군가는 내게 입술을 대주고
누군가는 내게 어깨를 대주고

대준다는 것, 그것은
무작정 내 전부를 들이밀며
무주공산 떨고 있는 너의 가지 끝을 어루만져
더 높은 곳으로 너를 올려준다는 것
혈혈단신 땅에 묻힌 너의 뿌리 끝을 일깨우며
배를 대고 내려앉아 너를 기다려준다는 것

논에 물을 대주듯
상처에 눈물을 대주듯
끝 모를 바닥에 밑을 대주듯
한 생을 뿌리고 거두어
벌린 입에
거룩한 밥이 되어준다는 것, 그것은

사랑한다는 말 대신

첫눈

날선 삿대질을 되로 주고 말로 받던 그날 밤의 창가에
느닷없는 점령군처럼 함박눈이 내렸겄다
서로의 눈이 부딪치고 쨍그랑 겨누던 무기를 놓쳤던가
그랬던가 어둡던 창밖이 우연의 남발처럼 환해지는
저건 대체 누구의 과장된 헛기침이란 말인가
그래서 서로의 눈이 창밖을 마주 보게 되었단 말인가
그러자 핸드폰을 귀에 댄 남자가 검은 허공을 향해 입을 벌
리고
우산을 옆으로 든 여자가 흔들리는 네온사인에 사뿐사뿐 제
얼굴을 비춰보고
오토바이를 세운 폭주족이 크라운 베이커리 앞에 서서 환한
라이터를 지피고
달리던 자동차가 멈칫 쌓인 눈을 쓸어내리고는 천천히 미끄
러져 가고
그렇게 무섭게 굴러가던 것들이 일제히 제 둥근 모서리를
쓰다듬고 있었더란 말인가
누군가의 목소리가 누군가의 목소리에 내려앉으며
누군가의 어깨가 누군가의 어깨에 쌓이며
첫눈 뜬 장님처럼 서로의 눈을 맞추고 말았더란 말인가
염치를 잊고 손을 내밀고 말았더란 말인가, 용서라는
보고 또 보고도 물리지 않는

아 저건 누구의 신파였고
누구의 한물간 낭만적 연출이었던가
그리하여 창밖에 펼쳐진 단막의 해피엔딩이 끝날 즈음
뜨겁게 내리는 저 첫눈에게
그리고 또다시 속아넘어가 버리고 말았더란 말인가

처서

천변 오동가지에

맞댄 두 꽁무니를
포갠 두 날개로 가리고
사랑을 나누는 저녁 매미

단 하루
단 한 사람
단 한 번의 인생을 용서하며
제 노래에 제 귀가 타들어가며

벗은 옷자락을 걸어놓은
팔월도 저문 그믐

멀리 북북서진의 천둥소리

이정록
꽃살문 외

1964년 충남 홍성 출생.
공주사범대 한문교육과 졸업.
1989년 《대전일보》 신춘문예, 1993년 《동아일보》 신춘문예로 등단.
시집 《벌레의 집은 아늑하다》·《풋사과의 주름살》·《제비꽃 여인숙》·《의자》.
장편동화 《귀신골 송사리》 등.
김수영문학상 · 김달진문학상 수상.

나도 이제 기와불사를 하기로 했다

금강산 관광기념으로 깨진 기왓장 쪼가리를 숨겨오다 북측 출입국사무소 컴퓨터 화면에 딱 걸렸다. 부동자세로 심사를 기다린다. 한국평화포럼이란 거창한 이름을 지고 와서 이게 뭔 꼬락서닌가. 콩당콩당 분단 반세기보다도 길다.

"시인이십네까?" "네." "뉘기보다도 조국산천을 사랑해야 할 시인 동무께서 이래도 되는 겁네까?" "잘못했습니다." "어찌 북측을 남측으로 옮겨가려 하십네까?" "생각이 짧았습니다." "어데서 주웠습네까?" "신계사 앞입니다." "요거이 조국통일의 과업을 수행하다가 산화한 귀한 거이 아닙네까?" "몰라봤습니다." "있던 자리에 고대로 갖다놓아야 되지 않겠습네까?" "제가 말입니까?" "그럼 누가 합네까?" "일행과 같이 출국해야 하는데요." "그럼 그쪽 사정을 백 천 번 감안해서 우리 측에서 갖다놓겠습네다." "정말 고맙습니다." "아닙네다. 통일되면 시인 동무께서 갖다놓을 수도 있겠디만, 고사이 잃어버릴 수도 있지 않겠습네까? 그럼 잘 가시라요."

한국전쟁 때 불탔다는 신계사, 그 기왓장 쪼가리가 아니었다면 어찌 북측 동무의 높고 귀한 말씀을 들을 수 있었으리요. 나도 이제 기와불사를 해야겠다, 쓰다듬고 쓰다듬는 가슴속 작은 지붕. 조국산천에 오체투지하고 있던 불사 한 채.

돌아서는 충청도

울진에다 신접살림을 차렸는디,
신혼 닷새 만에 배타고 나간 뒤 돌아오덜 않는 거여. 만 삼
년 대문도 안 잠그구 지둘르다가 남편 있는 쪽으로 온 게 여기
울릉도여.

내 별명이 왜 돌아서는 충청도인 줄 알어?
아직도, 문 열릴 때마다 신랑이 들이닥치는 것 같어. 근데
막걸리집 삼십 년, 남편 비스무르한 것들만 찾아오는 거여. 그
때마다 내가 횅하니 고갤 돌려버리니까, 붙어댕긴 이름이여.
그랴도, 드르륵! 저 문 열리는 소리가 그중 반가워.

그짝도 남편인 줄 알았다니껜.
이 신랑스런 늠아, 잔 받어! 첫잔은 저짝 바다 끄트머리에다가
건배하는 거 잊지 말구. 그 끝자럭에 꼭 너 닮은 놈 서 있응께.

꽃살문

꽃에는 정작 방년芳年이란 말이 없다네.

그래, 천년만년 꽃다운 얼굴 보여주겠다고

누군가 칼과 붓으로 나를 피워놓았네만

그 붓끝 떨림이며 자흔刺痕 바람에 다 삭혀내야

꽃잎에 나이테 서려 무는 방년芳年 아니겠나?

꽃이란 게, 향과 꿀을 퍼내는 출문이자 열매로 가는 입문이라

나도 고개 돌려 법당마루에 오체투지하고 싶네만

마른 주둥이 훔치는 햇살 천년 바람 천년,

법당마당의 싸리비질 자국만 돋을새김하고 있네.

그렇다네, 이 문짝에 염화拈華가 없다면

어찌 어둔 법당에 미소微笑가 있겠는가?

풍경 소리며 목탁 소리에도 나이테가 있는 법,

날 쓰다듬고 가는 저 달빛 구름그림자처럼

씨앗 쪽으로 잘 바래어 가시게나.

옥상이 논다

평상이 없다
예비군복과 기저귀가 없다
새댁의 나이아가라 파마가 없다
상추와 풋고추가 없다 줄넘기 소리가 없다
쌍절봉이 없다 시멘트 역기와 통기타가 없다
골목길 멀리 내뱉던 수박씨가 없다
항아리가 없다 항아리 뚜껑 위에 감꽃이 없다
모기장이 없다 모기를 잡던 박수 소리가 없다
모기장을 묶어 매던 돌덩어리 네 개가 없다
고무신이 없다 고무신 속 빗물 한 모금이 없다
안테나가 없다 안테나를 돌리는 작은 손이 없다
잘 나와? 잘 나오냐고? 안마당에 내려놓던 고함 소리가 없다
우리 집은 잘 나오는디, 염장을 지르던 옆집 아저씨의
늘어진 런닝구가 없다 런닝구 속 마른 가슴팍에 수박씨가
없다
근데, 이 많은 것들이 언제 내 머리 속에 처박혔나?
이마는 어느새 평상처럼 넓어졌나? 가슴속
잡것들은 다시 옥상에 기어 올라가려고
울끈불끈, 내 런닝구는 누가 이리도 잡아당겼나?
어떤 싸가지가 수박씨 날리는 거야?
고개 들어 텅 빈 옥상을 두리번두리번,

엄니의 男子

엄니와 밤늦게 뽕짝을 듣는다.
얼마나 감돌았는지 끊일 듯 에일 듯 신파연명조新派延命調다.
마른 젖 보채듯 엄니 일으켜 블루스라는 걸 춘다.
허리께에 닿는 삼베 뭉치 머리칼, 선산에 짜다 만 수의라도
있는가.
엄니의 궁둥이와 산도가 선산 쪽으로 쏠린다.
이태 전만 해도 젖가슴이 착 붙어서
이게 母子다 싶었는데, 가오리연만 한 허공이 생긴다.
어색할 땐 호통이 제일이라.
아버지한테 배운 대로 괜한 헛기침 놓는다.
"엄니, 저한티 남자를 느껴유. 워째 자꾸 엉치를 빼대유."
"아녀, 이게 다 붙인 거여. 허리가 꼬부라져서 그런 겨.
미친 놈, 남정네는 무슨?"바지락 껍데기처럼 볼 붉어진다.
자개농 쪽으로 팔베개 당겼다 놓았다 썰물 키질 소리.
"가상키는 허다만, 큰애 니가 암만 힘써도
아버지 자리는 어림도 읎어야."
일제히 신파연명조로 풀벌레 운다.

귓불

빨랫줄에 호박고지를 넌다. 참 고웁지? 이게 하느님의 귓불이란다. 호박구덩이에 똥물을 끼얹던 마디 굵은 손이 바지랑대를 높이 받든다.

서둘러 먹으면 가을햇살도 없힌답니다. 한 옴큼 한 옴큼 잘 씹어 드세요. 하느님의 귓불을 꾹꾹 눌러본다. 거룩한 손길이시다.

아이쿠 뜨거뭐라. 하느님의 귀가 허공만큼 커져서 보이질 않는다. 귀고리만 주렁주렁하다. 참 호사스런 가을 하느님이시다.

바람의 악수

명아주는 한 마디로 경로수敬老樹다.
혈액순환과 신경통과 중풍예방에 그만이다.

고스란히 태풍을 맞아들이는 어린 명아주. 거센 바람이 따
리를 튼, 그 자리가 지팡이의 손잡이가 된다. 세상에는 태풍을
기다리는 푸나무도 있는 것, 태초부터 지팡이를 꿈꿔온 명아
주 이파리들이 은갈치처럼 파닥인다.

길을 묻지 마라. 허공을 헤아리면 세상 다 아는 것이라고,
명아주 지팡이가 하늘을 가리킨다. 먼 바다에서 바람꽃 봉오
리 하나 소용돌이치는가? 그 태풍의 꽃보라 쪽으로 지팡이의
숨결이 거칠어진다.

먼저 풍 맞아본 자가 건네는, 바람의 악수.
노인이 문득 걸음을 멈춘다. 오래된 바람 두어 줄기가 정수
리 밖으로 빠져나간다. 바람의 길이 하늘 꼭대기까지 청려장
靑藜杖으로 내걸린다.

하느님 떡국 드세요

네 살 터울 막내에게 큰애 바지를 입힌다. 세 번 접혔던 바짓단, 한 번 더 접어 올린다. 겨우내 나이테가 하나 더 그어질 것이다.

작은애도 바짓단 그득 모래와 검불을 날라올 것이다. 보잘 것없는 흙먼지와 낙엽 부스러기가 그 나이테를 하늘 쪽으로 치켜세우는 것이다. 저 낮고 힘없는 사다리를 타고 올라, 세상 모든 아이들은 아버지와 할머니의 성근 흰머리를 내려다보는 것이다.

바닷가 모래펄도 나이테를 쌓으며 넓어지는 것이다.
밤하늘 은하수, 그 올 풀린 바짓단은 누구의 나이테란 말인가?

박라연

낙성대落星坮 역 외

1951년 전남 보성 출생.
한국방송통신대 국문과 및 원광대 박사과정 졸업.
1990년 《동아일보》 신춘문예에 〈서울에 사는 평강공주〉가 당선되어 등단.
시집 《서울에 사는 평강공주》·《생밤 까주는 사람》·《너에게 세들어 사는 동안》
《공중 속의 내 정원》·《우주 돌아가셨다》.
산문집 《춤추는 남자, 시 쓰는 여자》 등.

허화들의 밥상

봄꽃가지에서
그렁거리던 눈부신 청색 꽃잎들이
가을까지 오래된 생각처럼 골똘하다
저 목숨은 山수국이 피운 허화,
향낭이 없어
자연사될 수 없다
이쯤이면 가짜도 진짜도 한 몸이라서
아플 텐데 山수국 저 가시나
꽃의 시간들을 허화에게 죄다 줘버린
당찬 가시나
잘 익은 향을 따서 저보다 더 아픈
구멍들을 채워주는 일로 그저 배부른
수국 저 가시나
보이는 눈부심보다 안 보이는 향기에
한 세상을 온전히 부처시키다니!

문득 세상의 허화들은
무슨 죄로 가짜 생존의 시간 속
으로 끌려나왔을까 구구절절 누구를
빛내주려고 왔을까 1%쯤 모자라서 쓸쓸한
生들을 대신 완성해주려고? 덩달아

골똘해져서는 가짜의 고통을 목졸라준다
(내일은 잘린 내 목에서 수국이 피어날 것이다)

* 꽃잎이 너무 작은 산수국은 벌 나비가 날아들지 않는 生을 극복하기 위
  해 깨알만 한 제 꽃잎 둘레 가득 가짜 꽃잎을 크게 피워낸다.

대둔산향적봉고사목 독후감

세상 떠난 지사志士들 다 예 모여 다시

살고 있는 듯 선자리마다 검게 빛났다

아는 얼굴도 있다

손톱으로 나무의 살을 파본다

빛이 뭉클 만져졌다

산채로 벼락을 몇 번쯤 맞으면

저처럼 온갖 새소리 흘러넘치게 하는가

저대로가 영생 혹은 환생인가

뭇 새소리 받아 마시며

온기 나눠주려는데 수혈 불가다

수천 미터의 고독이 제 육체가 된 고사목,

의 분뇨 받아 내 발 씻어내니

못 고칠 지병 치료한 듯

사람 밥상에는 없는 기운 받아 마신 듯

피가 돌기 시작한 生의 문서들

울울창창해서 하산했다

낙성대落星垈 역

관악구 봉천동

지나 신림동 미처 못 가

命이 다해 하늘도 어쩌지 못하고

떨어뜨릴 때 받아주는

落星垈 역 있다

무엇이든 받아 안고 싶을 때

찾아가는 역

모서리마다 짠하게 꽂혀 있는

패한 자의 웃음소리 예닐곱 장

어둔 숲 어귀마다 하얗게 길을 여는

아카시아 좀 몇 천 원어치

박라연 181

앞서거니 뒤서거니 떨어져 눕는 밤

순백으로 그들 옆에 바짝 누워

너무 늦게 꽃피워서 미안한

제 인생에게

한 번 더 꽃을 던진다

그 꽃잎 잎잎이 받아 입에 무는 샛별들

샛별에게 젖을 물리는

어디선가 뵌 듯한 저 얼굴은

춥고

막막할 때마다 늦도록 바라보며

뭐라 뭐라 중얼거리면

가설하늘이 생기는 사이

사이들의 것

플라이 낚시

물고기 떼를 불러오는 저 가락은
허공에 던져보는
누군가의 간절한 두근거림
잘 삭힌 두근거림일수록 혀가 긴 낚싯줄

긴 혀에 붙들린 송어 한 마리
송어 지느러미의 일부가 돼가는
반딧불이 따라다니며
누군가 세상을 바꾸고 있는 것일까
영어囹圄의 신세마저 덩달아 흔들, 온몸에서
날갯짓소리 들렸다
달을 미처 못 채우고 흘러나온 아가의
붉은 이슬, 내 두근거림이
너무 커서 사람보다 더 큰 바라문디 입질에
끌려들어 간 것일까
별과 달의 입질까지 봉쇄시킨 물귀신은
바라문디가 아니라 함부로 방목시킨 엄살
엄살은 자라 독이 된 것일까
몸속의 독,
황린黃燐을 긴 혀의 낚싯줄로 꺼낼 때마다
시커먼 죽음의 수위를 알려주던

저 인광 저 도깨비불은
정신을 지키는 마지막 신호였을까
상한 우주의 자리를 찾아
두근거리는,

꽃지붕 아래 들다

수壽를 셈하지 않는 꽃잎들은
다비식이 더 눈부시다
나비의 군무이거나
시간의 무릎마다 간을 주는
향 깊은 유색 소금이거나
제 관을 덮는 홍조 띤 흙이거나
호수로 헤엄쳐가는 꽃물고기들이다
사람 마지막 가는 곳도
꽃잎 가는 곳도
같은 품일 텐데 여기엔 곡哭이 없다
태양이 조등 되어 꽃지붕을 골고루
비추는 일몰의 시각
웃을 일 없는 얼굴들까지 환하다
이 지붕 아래에서는
어른 아이 모두 단내 고여 무거운데
단내 밴 울음 달여주시려는지
500미터쯤에서 문門이 닫혀버린다
오래 오래 갇혀서
심장이 꽃의 형상으로 그려져서는
더는 잃을 것도 없는 쓸쓸한
지체들의

손톱 속, 봉숭아꽃물로
서서히 닳아지는
꽃지붕 아래서의
간 이 혼 불

아카시아 향이
소금을 부를 때까지

병치레가 잦아야 향낭이 튼실한가
산 것들은
맛을 위해 오늘도 아픈가
후루룩 후루룩 세상의 病 두루두루
배불리 들이키면 산밭이 되는가

잘 익은 바람 잘 익은 햇살로 여물려고
아카시아 꽃이 필 때까지
온몸을 떡살처럼 떼어 염전에 까는
열 살부터 쉰 넘어서까지
소금의 실 잣는
영광 백수의 양 아무개 씨 저 웃음 좀 봐
코끝에 아카시아 향이 스치는 순간
굵은 주름살 사이에서 빠진 이빨 사이에서
쏟아져 내리는 눈 시린 소금 좀 봐
세상에 저런 웃음도 있네!
새끼들만은 소금밭에 깔지 않으려고
생의 자루 다 채울 때까지
소금웃음 짜내는 한 아비의
낡은 베틀 좀 봐

우주 돌아가셨다 1

감히 누설해도 되는지
치자꽃 향낭 속으로 숨으셨다고

노아의 방주가 저 향낭 속인 것 맞는지
모든 신들 따라 숨었는지
안 보이는 신들은 숨고
보이는 우리들은 왜 숨을 곳이 없는지
신들의 거처가
정말로 저 작은 치자나무 속인지

지상에는 없는 시간이 된 듯
지상에는 없는 손이 우문을 가르며
향낭을 베어버린다

낭자한 향!
식물예수가 흘리는 피일 것이다
저 피 적시며
부시의 신, 빈 라덴의 신을 품으시고
고 김선일의 참수 장면을 품으시고
입적하신
변신이었다는 것

존함은 우 字 주 字 이셨다는 것
아하! 하면서
비 맞은 장닭 몸을 털듯이
신들린 몸 부르르 떠는
치자꽃

이슬사다리

16년 만에야
서늘한 울음 터뜨립니다
어린 꽃 혀는 글쎄
따 담기엔 너무 짠한 향기를 벌써
몇 바구니째 입에 뭅니다
마음 中 한 다리만 잘못 움직여도
쩍쩍 금이 가는 식구들의 잠자리 만져줍니다
쌀 한 톨 내밀 처지가 못 된다고
중얼거리는 일밖에 없었는데
아픈 중얼거림의 틈새마다 향기를 발라줍니다
꽃대 떠난 자리에 튼실한 밧줄 둥글게 모여
있습니다 밧줄마다엔 반석이 달려 있고요
숨지기 직전까지 恨만 마시고도
꽃대를 꽃신으로 밀어올린 옥화처럼
오직 비움의 향기를 타고
높이 떠 있는 사다리에 올라앉고
싶습니다 가까이 가서 만져보니
밧줄도
반석도 이슬방울들이었거든요

손택수
풀과 구름과 나의 촌수를 헤아리다 외

1970년 전남 담양 출생.
경남대 국문과 및 부산대 대학원 졸업.
1998년 《한국일보》 신춘문예에 〈언덕 위의 붉은 벽돌집〉이 당선되어 등단.
시집 《호랑이 발자국》·《목련전차》.
신동엽창작상 · 이육사문학상신인상 등 수상.

귀머거리 개들이 사는 산

개들의 메아리가 컹 컹 컹 산을 울렸다.
산중에 들어와서 개장수가 된 선배는
두툼한 장갑을 건네주며
쫑긋해진 귀 깊숙이 자전거펌프를 꽂았다.
신경이 너무 예민하면 이것들이 자주 짖어대거든,
그럼 근수가 덜 나가게 되지.
바람이 새어나가지 않게 귓구멍을 잘 막아야 해,
숨을 급하게 몰아쉬며
고막을 풍선처럼 단숨에 터뜨려버렸다.
저러다가 제풀에 지치고 만다 하였지만
고막이 터진 개들은 밤을 새워 요란하게 짖어댔다.
들리지 않는 제 목소리를 찾아 입을 벌렸다 다물고,
벌렸다 다물고, 벌린 입이 쩍
그대로 굳어진 채
다물어질 줄 모르는 계곡
컹 컹 컹 개들의 메아리가 유령처럼 산을 떠돌았다.
산중에 들어와서 세상 같은 건 잊어버렸다고
오랫동안 덧나던 꿈도 이제는 아물어버렸다고
개장국에 말없이 술잔만 부딪는 밤
이 슬픈 꿈이 끝나면 더욱 슬픈 꿈을 꾸게 될까
잃어버린 주인을 찾아 아가리가 얼얼해질 때까지

잠든 개들의 메아리가 마구 문을 두드렸다.

수정동 물소리

수정동 산비탈 백팔 계단에 서면 통도사 금강계단이 겹친다

산복도로 내가 오를 계단 끝엔 가난한 불빛 한 점이 있고,
통도사 금강계단 끝엔 부처님
진신사리가 있다

살아가는 게 묘기로구나, 벼랑 위에 만든 계단이여, 끝없이
관절을 꺾는 힘으로 찾아가는 집이여, 가슴에 든 멍이 까맣게
죽은 빛을 하고 밤이 찾아오면

불이 물소리를 켠다
금강계단 가물가물 번져가는 연등 속에서
부은 발을 어루만지는 물소리가 흘러나온다

저린 무릎 짚고 한 단 두 단 꺾어졌다 펴지는 물소리, 다친
모서리를 쓰다듬으며 하염없이 출렁이는 물소리

흘러 내려간다, 부산 앞바다
그 너머 수평선
가슴에 든 멍이 쪽빛이 될 때까지는

聖국밥

박영근 시인 가신 날
터미널 옆 상가를 찾았더니
노숙 차림의 사내 하나가
국밥을 맛나게
두 그릇씩이나 비우고 있었다
속이 많이 출출했던지
수육 안주를 한 접시 더 시키고
소주에 맥주까지 마시며
땡땡해진 배를 한참은 더 부풀리고 있었다
누가 박영근 시인을 아느냐 물으니
모른다고, 다만
고인이 백석문학상 탈 때
신문 보고 밥 얻어 먹으러 갔다가
차비로 이만 원을 받은 적이 있다고
가난뱅이 시인한테 용돈 얻어 탄 사람은 아마
나밖에 없을 거라고
넉살 좋게 웃어젖히던 사내
딱히 출출한 것은 아니지만
이별의 예식엔 늘 참을 수 없는 허기가 따른다는 듯
이마에 밴 땀을 훔치며, 뜨건
국물을 훌훌 불어마시고 있었다

무덤 광대

볕이 짱짱한 것이 망자들 이사하기엔 딱일세그려 엊그저께
비도 씨원하게 내렸응게 뗏장도 잘 앉을 것이고 요놈의 금잔
디 좀 보란 말씨 때깔이 꼭 목욕탕에서 방금 나온 색씨처럼 포
동포동 반지르르한 것이 회춘이 아닌가 고인이 복이 많은 것
이제

지상의 잡신들도 모두 휴가를 간다는 윤칠월 이장을 한다
큰맘 먹고 할머니 가묘까지 만드는데 지관을 따라온 노인은
하는 일도 없이 술에 취해 비틀비틀 봉분이 처녀 가슴처럼 봉
긋하고 탐스러워야 한다 거기는 아직 숫총각인갑네 끌끌 듣기
에 민망한 농지거리를 태평하게 주워섬기고

어이 거기 큰손주 냉큼 막걸리 몇 병 더 사들고 와야 쓰겄네
나가 목구녕에 불가뭄이 들었는 갑소 산신들 섭섭지 않게 수
육도 좀 더 내오고 오살 것 쩌-기 산능선들 좀 보란 말이여 나
비 따라 덩실덩실 어깨춤이 낫구먼 얼씨구 나가 오늘은 내친
김에 육자배기 가락까지 뽑아 올려볼 모냥인게

발복할 땅이라고, 후손들이 오늘은 인심을 크게 써야 한다
고, 우리 지관 영감이 근동에선 제일가는 명당자리를 잡은 게
틀림없다고, 시종 술주정에 흥얼흥얼 파묻져가는 능선 따라

청하지도 않은 수심가 몇 곡까지 더 잡아당기는 것인데

　이 엄숙한 시간에 웬 주정뱅이란 말인가 저런 망나니를 왜 쫓아내지 않는단 말인가 자못 분기 어린 얼굴로 희뜩 쏘아보면 나 빼고는 모두 배시시 노인의 농과 가락에 맞춰 금잔디를 밟고 있다 늬가 몰라서 하는 소리제 저 냥반이 없으면 아무 일도 되지 않는 것이여 지관도 지관이지만 저 냥반이 있어야 아무 탈 없이 일이 끝난다는 말이제

　멀리서 귀하게 모셔왔다고, 아버지는 저래 뵈도 저 냥반이 광대 중에선 제일 웃질이라 하고

진흙길

길이 착 달라붙는 느낌,
뭐랄까 내 발이 무슨
나무뿌리라도 되는 줄 아나
나를 땅속에 아주 심어두겠다는 심사로
길 깊숙이 발을 끌어당겼다가
빼려고 하면
착 달라붙어서 떨어지질 않는 진절머리
말 마라 그런 여자가 나는 차라리 그리운가 보다
바짓가랑이 좀 젖는다면 어떠냐
누가 나 같은 것을 이렇게 받아준 적 있느냐
한사코 살을 부비며 붙들어본 적 있느냐
밋밋하던 몸매가 비만 오면 올통볼통
숨겨놓았던 육감을 드러내며 아조 애를 먹이는
찰지디찰진, 뭐랄까
속궁합이 딱
맞아떨어지는 느낌

풀과 구름과 나의 촌수를 헤아리다

성묘 가서 풀을 베었다
풀을 베며 생각했다
이 풀과 나는
몇 촌쯤이나 될까
살 벗고 뼈까지 다 삭아서
흙 알갱이가 된 혈족
족보를 더듬다 보니
풀을 벤 자리마다 후욱
아찔한 향기가 돋아났다
살갗에 묻은 향기가
살갗을 뚫고 머리끝을 쭈뼛
서게 하는 것 같았다
풀물이 든 면바지 차림으로
선산을 내려오며 생각했다
산 위에 걸린 구름
저 구름과 나 사이에도 머언
촌수가 있을 것 같다고
구만리장천을 돌고 돌아
물방울 하나와
먼지 하나가 엉켜드는
족보책 속에서

광화문 네 거리엔 전광판이 많다

비가 오려나,
하늘을 보는데
옥외 전광판이 보인다
풀 칼라 고해상도로
발광하는 건물들
시사뉴스와 광고와 스포츠 영상을 끝없이
전송하고 있다
잠시도 무료할 틈이 없는 거리
여기선 멍청하게 하늘을 보는 게 허용되지 않는다
저물어가는 노을 대신 화려하게
명멸하는 이미지들을 따라가기 바쁘다
언젠간 밤하늘 별을 보면서도
뉴스나 광고를 생각하겠구나
광고 하나 나 하나
광고 둘 나 둘
리모컨으로 꾸욱 눌러 꺼버릴 수도 없는 전광판을 헤며
밤을 지새우기도 하겠구나
신호등 앞에서 잠시 넋을 잃고 있는 이마 위로 투둑
빗방울이 떨어진다
(11시 현재 누적 당첨금 75억 3천만 원
당신에게도 옵니다, 로또)

지나가는 광고 문구를 애무하며 주르륵
미끄러져 내리는 빗방울
허공에서부터 고해상도로
발광하고 있다

나무의 수사학

꽃이 피었다,
도시가 나무에게
반어법을 가르친 것이다
이 도시의 이주민이 된 뒤부터
속마음을 곧이곧대로 드러낸다는 것이
얼마나 어리석은가를 나도 곧 깨닫게 되었지만
살아 있자, 악착같이 들뜬 뿌리라도 내리자
속마음을 감추는 대신
비트는 법을 익히게 된 서른 몇 이후부터
나무는 나의 스승
그가 견딜 수 없는 건
꽃향기 따라 나비와 벌이
붕붕거린다는 것,
내성이 생긴 이파리를
벌레들이 변함없이 아삭아삭
뜯어먹는다는 것
도로변 시끄러운 가로등 곁에서 허구한 날
신경증과 불면증에 시달리며 피어나는 꽃
참을 수 없다 나무는, 알고 보면
치욕으로 푸르다

:: 심사평

김남조 시적 연공과 그 안정감

— 상당 기간 준열하게 연마해온 시적 성숙도의 연공

오세영 보편성 속에 내재된 특출한 개성

— 보편지향적 관심과 개성지향적 관심의 균형을 이루는 시적 노력 기대

송수권 상상력의 즐거움과 체험의 깊이

— 체험적 삶의 깊이, 일관성 있는 시적 완성도와 균형감각

문정희 일상에 숨은 삶의 진실을 포착해내는 탁월한 시적 언어

— 생생한 감각과 섬세한 언어, 잔잔한 감동을 이끌어내는 힘

권영민 '더불어 삶'의 소묘적 시적 기표

— 시적 대상에 대한 생태주의적 해석과 너그러운 시적 포용력 돋보여

시적 연공과 그 안정감

> 나희덕 시인은 그의 시가 상당 기간 준열하게 연마해온 시적 성숙도의 연공을 함께 감안할 때 능히 올해의 수혜자로 승인될 만하다는 결론을 결집하게 되었다.

김남조(시인)

· 소월시문학상의 연륜도 어느덧 20년을 넘긴 터이라 상의 성년기에 이른 셈이다. 첫 무렵의 수상자는 갑년을 넘기게들 되었고 젊은 수상 후보자군群은 힘찬 파도로 밀려오고 있다.

이 상의 주무자인 문학사상사는 충실한 자료 정리와 엄정한 예심을 치른 열여섯 분의 수상후보작을 미리 심사위원에게 우송해주었고 우리는 나름대로 이 작품들을 여러 번 정독하였다. 오세영 · 문정희 · 송수권 시인과 권영민 주간, 그리고 본인은 장시간의 토의 끝에 서로의 의견을 존중하고 조율한 결과 나희덕 · 정끝별 · 송찬호 · 박형준 시인 등을 수상 후보로 압축하게 되었고 이중에선 어느 시인이 올해의 소월시문학상을 타게된들 무방하며 타당하리라는 공감에 진입하였다. 그만치 위의 시인들의 작품은 우열의 차이가 별로 없다는 등가等價의 판정(?)을 받은 것이었다.

박형준 시인은 〈시체의 악기〉·〈별식〉·〈피리〉 등의 작품으로 나를 다분히 감동시킨 바 있고, 송찬호 시인은 〈동사자凍死者〉·〈겨울의 여왕〉으로 역시 상당한 품평을 자아내었다. 이들은 성향과 기법을 달리하고 있으면서 두 사람 공히 선한 감수성과 깊은 통찰의 시선을 인지시켰으며 무엇보다 작품을 관통하는 탄력과 긴장감 그리고 역동적 정열이 작품을 든든하게 세워주고 있었다.

  여성 시인인 나희덕·정끝별 씨 또한 역시 시의 선수적 기량이 보통은 상회하는 것이었다. 정 시인의 경우는 제시된 작품들이 우열 차이를 좀 과도하게 드러낸다는 지적이 있었으나 시인의 시적 촉수(더듬이)는 높은 지점에 못을 박았다고 할 수 있겠다. 말하자면 특이하고 강한 재기才氣를 엿보게 하였으며 이것은 이후의 그의 시에 있어 장점이며 강점이 되리라 여겨진다.

  당선의 영예를 안게 된 나희덕 시인은 예년의 그의 시의 수준을 많이 상회하고 있지는 않다는 평가 등이 삽입되었음에도 불구하고 그의 시가 상당 기간 준열하게 연마해온 시적 성숙도의 연공을 함께 감안할 때 능히 올해의 수위자로 승인될 만하다는 결론을 결집하게 되었다. 물론 올해의 작품들 역시 상당히 좋았다. 경합선상에 올랐던 위의 시인은 그들의 작품 능력으로 인하여 저절로 수상 예약자가 되는 것일 터이다. 그 밖에도 파고 높이 전진해오는 무서운 힘의 시인들이 여럿 있기에 이 정황을 통틀어 한국 시의 풍요라고 말할 수 있겠다.

  끝으로 우리의 시 전반을 두고 약간의 고언을 첨가한다면 시는 다른 문학 분야들과 다소의 본질적 차이를 갖는다고 말하고 싶은 그 점이다.

소설이나 희곡은 작품의 성패를 문학적 재능이 대부분 감당해내고 있으나 시는 그 시인의 영혼성을 작품 안에서 필연 찾아보거나 느끼게 된다. 분명 잘 쓴 작품인 듯해도 내면이 얼비쳐 보이는 거기에 의식적 혹은 무의식적인 비속성이나 천박성 또는 인색하거나 냉혹한 점 등이 드러날 때 그 작품에 즐번했던 상찬을 흔들어놓게 된다.

시는 서정의 문학이다. 자기를 감추고는 써낼 수 없고 자기 자신이 직접 독자의 영혼과 만나는 외에는 작품 전달의 길이 없다. 나의 독단일지도 모르겠으나 아무튼 나는 이 점에 매우 민감해지고 내가 읽는 작품 평가에도 이 갈래가 어쩔 수 없이 끼어들곤 한다.

나의 생각으론 시의 연마 그 근거지에 영혼의 고양을 지엄한 계율로 삼았으면 싶다. 물론 우리들 시인은 자신의 이념에 따라 자신을 만들어갈 수 있는 초능력자가 아니므로 이런 일이란 너무나도 용이한 과제가 아니긴 하겠으나……

보편성 속에 내재된 특출한 개성

나희덕 시인은 장점은 항상 보편성 속에서 특출한 개성을 포함한다는 점이다. 그의 작품은 비교적 서정적이며 온건한 완결성을 지향하면서도 아주 현실적인 소재들을 끌어들이는데, 보편지향적 관심과 개성지향적 관심을 균형있게 합일시켜나가는 좋은 시인의 탄생을 기대한다.

오세영(시인 · 서울대 국문과 교수)

본심에 오른 후보들 가운데서 최종적으로 나희덕 시인의 작품을 당선작으로 뽑았다. 마지막까지 거론된 시인들로 송찬호 · 정끝별 · 이정록 시인 등이 있었지만 심사위원 전원의 합의 하에 이루어진 결과이다. 무엇보다 투표의 방식을 취하지 않았다는 점에서 다행이다.

끝까지 논의된 윗분들의 작품 역시 당선작과 마찬가지로 수상작으로 손색이 없는 것들이었다. 그러나 상이란 원래 상대적이고 운 같은 것도 작용하는 법이어서 본의 아니게 밀리게 된 것을 심사위원의 하나로 애석하게 생각한다. 굳이 지적하자면 정끝별 시인은 독특한 개성에도 불구하고 작품에 우열이 많아 다소 불안감을 주었다는 것, 이정록 시인은 장인적 기질은 높이 살 만하지만 전체적 정조가 속된 느낌을 주었다는 것, 송찬호 시인은 잘 다듬어진 미학적 구조물들을 보여주었으나 시 세계가 너무 안이하다는 것 등을 들 수 있다. 나희덕 시인은 물론 작품도 훌륭하지만 그간 몇 차례 이 상의 후보로 올랐다는 사실도 무시할 수 없는 조건이었다.

나희덕 시인은 등단 이후 신인 시절부터 문단의 촉망을 한몸에 받은 시인이다. 많은 평론가들의 상찬이 있었다. 그리고 또 국내 유수한 문학상들을 이미 여러 차례 받은 바 있다. 그러므로 여기서 새삼스럽게 내가 그 수준을 거론할 필요는 없을 것이다. 다만 그를 아끼는 마음으로 말한다면 내 개인적으로는 올 한 해 발표된 그의 작품들이 그 이전의 것들에 비해 다소 침체되어 있지 않나 하는 생각이 든다. 상이란 때로 자극의 수단도 될 수 있으니 그의 타고난 재능이 이 수상이 계기가 되어 앞으로 한 차원 더 높은 문학 세계로 도약할 것임을 믿어 의심치 않는다.

나희덕 시인의 장점은 항상 보편성 속에서 특출한 개성을 포함한다는 점이다. 그것은 오로지 개성만을 추구하는 시, 아예 개성이 없이 보편성만을 추구하는 시, 그리고 개성 속에 보편성을 내포시키는 시와 구분되는 개념이다. 개성만을 추구하는 시의 한 극단에 전위시 혹은 실험시들이 있을 것이다. 보편성만을 추구하는 극단에 무미건조한 교과서적인 시가 있을 것이다. 개성 속에 내포된 보편의 시에 내면을 지향하는 상상력의 심화가 있을 것이다. 보편 속에 내포된 개성의 시에 외부를 지향하는 상상력의 확장이 있을 것이다. 나희덕 시인의 시가 비교적 서정적이며 온건한 완결성을 지향하면서도 지나치게 현실적 소재들을 끌어들이는 이유가 아마 여기에 있으리라 생각한다. 따라서 보편지향적 관심과 개성지향적 관심을 균형

있게 합일시키는 시적 노력을 보여주었으면 하는 나의 바람이다.

　수년 아니 수십 년 동안 우리 시단에는 이상한 편견 내지 시류적 담론이 지배하는 주제가 하나 있다. 서정시란 무언가 시대에 뒤떨어지고 낡아빠졌다는 생각이다. 그러나 그렇게 주장하는 시인들 자신이 사실은 서정성을 토대로 하지 않고서는 시를 쓸 수 없다는 것은 참으로 아이러니다. 그러한 측면에서 볼 때 우리 시단에서 나희덕 시인과 같은 서정 시인을 하나 가질 수 있다는 것은 참으로 다행스런 일이다.

상상력의 즐거움과 체험의 깊이

나희덕 시인의 일관성 있는 그동안의 작품들이 보여준 시적 완성과 균형감각과 작품의 고전적 성취감을 토대로 하여 삶의 깊이를 재해석해내는 〈섬섬이 보이는 방〉을 선택했다.

송수권(시인 순천대 문창과 교수)

1년간 발표된 열여섯 분의 작품을 통독했다. 정독의 즐거움도 있었고 현대시가 갖는 오독의 즐거움도 만끽할 수 있었다. 산문화된 세설적 작품을 읽는 괴로움도 더러는 있었다.

시가 발상과 표현의 문제라면 발상은 상상력의 즐거움이요, 표현은 언어일 터이다. 다시 말하면 정신의 깊이에 이르는 성취도요, 언어 미학으로서의 성취도가 될 것이다. 이 양가 정신의 기준에서 후보작들을 살펴보고 대상 작품에 올리기로 하였다.

그런 의미에서 송찬호 시인의 〈고래의 꿈〉·〈민들레역〉·〈토란잎〉 등에서는 리얼리틱한 소재를 판타지의 새로운 세계로 창조하는 은유 체계의 완성이 문심조룡文心雕龍이라는 말을 실감나게 하였다. 시에 정답은 없어도 해답은 있다고 볼 때 이 시대를 구원할 수 있는 치유 능력, 즉 구원 의식이 충분히 녹아들어 있다는 생각을 했다. 동시에 체험적 삶의 깊이와 모범

답 같은 나희덕 시인의 일관성 있는 그동안의 작품들이 보여준 시적 완성과 균형감각, 그리고 대상 후보작으로 매년 빠짐없이 거론되었던 점으로 미루어 쉽게 내세울 수 있었다. 이에 반하여 정끝별의 〈불멸의 표절〉·〈처서〉·〈통속〉 등에서 분출된 상상력과 언어 파괴력의 힘은 좋은 대조를 이루고 있다고 생각되었다.

동시에 손택수 시인의 전통 의식에 놓인 발산력도 좋았지만 소재에 갇히는 듯한 액자성, 그것을 뛰어넘었을 때 큰 시인이 될 수 있을 거라는 믿음 또한 큰 것이었다. 그리고 박형준 시인의 언어감각과 정신도 충분히 새로움으로 읽혔다.

소월시문학상이 자리잡은 지 벌써 22회란다. 그동안의 수상 작품들을 한자리에 늘어놓는 기획특집으로 일별할 수 있는 자리를 마련해봄도 좋을 것 같다. 지금까지 나희덕 시인이 이루어온 작품의 고전적 성취감을 토대로 하여 삶의 깊이를 재해석해내는 〈섶섬이 보이는 방〉에 한 표를 보태기로 하였다.

일상에 숨은 삶의 진실을 포착해내는 탁월한 시적 언어

> 언어의 외연이 주는 자연스러움 속에 깊은 내면의 울림을 새긴 〈섬섬이 보이는 방〉은 화가 가족이 잠시 살았던 섬섬에서의 그림 같은 삶의 풍경을 통하여 결국은 우리 삶이 빈 조개껍데기에 세 든 소라게와 같다는 본질적 깨우침을 주고 있는 것이다.

문정희(시인 · 고려대 문창과 교수)

이 땅의 시의 정통성을 이어가는 소월시문학상을 뽑는 일은 사뭇 즐겁고도 긴장을 요하는 일이었다.

지난 한 해 동안 발표된 작품 가운데 예심에 오른 시인들의 작품을 면밀히 검토했다.

최근 다양하게 쏟아지는 시 잡지들의 증가에 기인한 탓도 있겠지만, 시인들이 대체적으로 다작을 하고 있다는 것을 알 수 있었다.

젊은 시인 중에는 활달한 상상력과 언어의 힘을 지닌 시인도 있었지만, 주로 일상적인 주제를 과장된 언어로 기술해내는 작품들이 주류를 이루고 있었다.

그 가운데 송찬호 · 나희덕 · 정끝별 · 이정록 · 이재무 시인의 작품을 어렵지 않게 주목했다.

근래에 들어 탁월한 언어로 사물의 본질을 신선하게 포착해내는 송찬호 시인의 시는 더욱 진경을 보이고 있었다.

〈고래의 꿈〉 같은 작품에서 보여주는 윤기 있는 상상력과 개성적인 시어 구사력은 다른 시인의 시와 송찬호의 시를 확실하게 구별 지으면서 개성적인 시 세계로 자리를 잡아가고 있었다.

나긋나긋한 서정성을 유지하면서 사람 사는 냄새를 따스한 유머로 감싸는 이정록 시인, 작품의 우열이 다소 고르지는 않지만 국수처럼 부드럽고 살가운 서정시를 써내는 이재무 시인의 작품도 돋보였다.

솜씨 좋은 장인이 빚은 도자기처럼 모범적인 기법으로 시를 잘 빚어내는 나희덕 시인과 정끝별 시인이 보여주는 시적 치열성에 주목을 하지 않을 수 없었다.

정끝별 시인은 숫자까지도 시어로 녹여내고자 하는 실험정신과 가능성을 보여주어 끝까지 심사위원들의 주목 대상이 되었다.

결국 심사위원들의 재독 삼독이 이어졌고, 거듭된 토론의 결과는 나희덕 시인에게로 기울어졌다.

서러운 시대의 그림자 곁에서 외로운 삶을 이어갔던 천부의 화가 가족의 모습을 따스한 숨결과 담담한 시어로 포착해낸 〈섶섬이 보이는 방〉을 수상작으로 결정했다.

그동안 나희덕 시인이 보여주었던 단아한 솜씨를 한껏 발휘한 가편이었다.

아이들이 해변에서 묻혀온 모래알이 버석거려도

밤이면 식구들이 살을 부드럽게 끌어안아

조개껍데기처럼 입을 다물던 방,
　　게를 삶아 먹은게 미안해 게를 그리는 아고리와
　　소라껍데기를 그릇 삼아 상을 차리는 발가락군이
　　서로의 몸을 끌어안던 석회질의 방,
　　방이 너무 좁아서 그들은
　　하늘로 가는 사다리를 높이 가질 수 있었다

　생생한 감각으로 하나의 풍경을 기술해가다가 끝 부분에서 잔
잔한 감동을 이끌어내는 힘을 그녀는 두루 잘 갖추고 있었다.

　　그 행복조차 길지 못하리라는 걸
　　아고리와 발가락군은 알지 못한 채 살았다
　　빈 조개껍데기에 세 든 소라게처럼

　언어의 외연이 주는 자연스러움 속에 깊은 내면의 울림을
새긴 이 작품은 화가 가족이 잠시 살았던 섬섬에서의 그림 같
은 삶의 풍경을 통하여 결국은 우리 삶이 빈 조개껍데기에 세
든 소라게와 같다는 본질적 깨우침을 주고 있는 것이다.
　나희덕 시인은 일상에 숨은 삶의 진실을 섬세한 시적 언어
로 포착해내는 탁월한 서정 시인으로서 이 시편 외에도 전반
적으로 고른 수준의 작품을 보여주고 있어 그녀의 시인으로서
의 저력을 여실히 보여주었다.
　자갈치 시장, 아침 햇살에 웃고 있는 돼지머리들이 만 원짜
리 지폐를 물고 활짝 웃는 풍경으로 화하는가 하면, 그것을 다
시 출근길 백미러 속의 비치는 자신의 모습으로 환치시킬 줄

아는 솜씨는 결코 만만한 것이 아닌 것이다.

　소통 부재의 언어가 범람하는 시대, 하나의 시류처럼 번져 가는 산문화의 경향 속에 단아한 서정시의 자리를 확실히 지키고 있는 나희덕 시인의 수상을 거듭 축하하며 우수작에 뽑힌 시인들에게도 깊은 박수를 보낸다.

'더불어 삶'의 소묘적 시적 기표

> 나희덕의 최근작들은 시적 대상에 대한 시인 나름의 생태주의적 해석법
> 이 돋보인다. 이것은 자연과 인간이 더불어 살아가는 화해로운 세계를 꿈
> 꾸는 시인의 욕망이 시적 형상성을 획득하는 데 성공하고 있음을 말해준
> 다. 〈섬섬이 보이는 방〉에서 그려내는 평화와 꿈은 자연과 인간이 더불어
> 있음을 소묘적으로 표시하고 있는 시적 기표라고 할 수 있다.

권영민(문학평론가 · 서울대 국문과 교수)

　2008년도 소월시문학상 최종 심사에 오른 후보작 가운데
가장 관심 있게 읽었던 작품은 이정록 시인의 〈꽃살문〉 · 〈강〉,
정끝별 시인의 〈불멸의 표절〉 · 〈처서〉, 나희덕 시인의 〈섬섬
이 보이는 방〉 · 〈저 물방울들은〉 등이다. 송찬호 · 이승하 · 박
라연 · 손택수 시인의 작품들이 드러내는 자기 표정과 목소리
도 독특하다.
　이정록 시인의 작품들에서는 시적 대상을 노래하는 목소리
의 변화를 주목하고자 한다. 대상에 대한 관조의 깊이만이 아
니라 정서의 가락조차 은근하다. 특히 〈꽃살문〉에서 보여주는
언어감각은 시어 자체의 조탁만이 아니라 그 어조의 변화를
통해 탁월성을 자랑한다. 그러나 〈강〉의 경우 시적 진술에 긴
장이 수반되지 못하고 있다는 불만이 있다. 이 시인이 시도하
고 있는 산문시의 시적 영역이 얼마나 언어적 이완과 긴장을

동시에 이끌어갈 수 있을 것인지 지켜볼 일이다.

정끝별의 경우 〈처서〉에서 보여주는 시적 정서는 그 내면의 울림과 반향이 매우 감동적이다. 그런데 〈불멸의 표절〉과 같은 작품에서 보여주는 기지의 실험은 긴장미가 부족하다는 느낌을 버릴 수가 없다.

나희덕의 최근작들은 시적 대상에 대한 시인 나름의 생태주의적 해석법이 돋보인다. 이것은 자연과 인간이 더불어 살아가는 화해로운 세계를 꿈꾸는 시인의 욕망이 시적 형상성을 획득하는 데 성공하고 있음을 말해준다. 〈섶섬이 보이는 방〉에서 그려내는 평화와 꿈은 자연과 인간이 더불어 있음을 소묘적으로 표시하고 있는 시적 기표라고 할 수 있다. 〈저 물방울들은〉에서도 마찬가지로 평범한 자연의 질서를 자기 내면으로 끌어들이는 힘이 느껴진다. 이 시인이 발표했던 초기의 작품들에서 느꼈던 역동성보다도 너그러운 시적 포용이 더욱 강하게 감응력을 발휘하고 있다는 생각이다. 2008년도 소월시문학상의 대상 수상작으로 〈섶섬이 보이는 방〉을 추천하는 데에는 전적으로 동의한다. 수상의 영예를 안게 된 나희덕 시인에게 다시 한 번 축하를 보낸다.

제22회 소월시문학상 작품집

1판 1쇄   2007년 5월 10일
1판 7쇄   2022년 7월 29일

지은이   나희덕 외

펴낸이   임지현
펴낸곳   (주)문학사상
주소   경기도 파주시 회동길 363-8, 201호(10881)
등록   1973년 3월 21일 제1-137호

전화   031) 946-8503
팩스   031) 955-9912
홈페이지   www.munsa.co.kr
이메일   munsa@munsa.co.kr

ISBN   978-89-7012-786-6 (03810)